U0104270

第一屆 港中年度文選

——雁塔集

劉葳蕤｜總策劃
陳育捷｜總編輯
國文科作文教材研發社群｜執行編輯

目次

散文類

新詩類

小說類

閱讀心得

前任校長

王美霞

少年聽雨歌樓上

小時候寫日記，任意揮灑書寫心情，記錄著青蘋果般青澀的年少歲月。在那個物質貧乏的年代，文學是最好的精神食糧；而作家則是我少女時代的偶像。作家的生花妙筆常讓我讚嘆中國文字的優美和文學世界的浩瀚 ，更讓我深刻感受生活周遭不同生命的悸動。多年過去了，我仍喜歡在各類作家的作品中追夢、圓夢，而閱讀文字帶來的感動，依舊在心中迴盪……。

序

是甚麼樣的機緣巧合，在任職南港高中時躬逢12年國教的改革浪潮，以令人窒息的速度席捲而來。但又何其有幸，能和港中一群可愛又有創意的優秀教師們，一起構思、彼此激盪，攜手成立教師學習社群，共同研發領先計畫特色課程；最終，我們以「人文適性」──「生涯航海王」、「用愛看世界」、「生活數學家」、「青春踩踏記錄」四個特色課程，在26所高中優秀教學團隊的競逐之下，和北一女中、建中、成功、中山、中正、永春等高中攜手榮獲臺北市領先計畫通過的特色學校。

「青春踩踏記錄」是國文科結合資訊、家政、地科、地理…等跨科課程融合而成的主題式語文創作課程；課程教學內容與引導寫作的層面涵括了生命教育、社會關懷、飲食生活、區域族群、自然、小品文等各領域，層次多元而豐富。期待學生們在各學科領域的專業對話中，對自己生活中的人、事、物都能「有感」，進而在專業的寫作課程引導下，能「動於中而形於言」，甚或「發言為詩」。

《第一屆港中年度文選──雁塔集》在國文科老師的群策群力下初試啼聲，欣賞同學們動人的文章真是令人倍感幸福的一件事啊！因為在其中可以看到每個人不同的生活態度和美好的心靈感受。相傳唐朝的新科進士，在皇帝賜宴後前往洛陽慈恩寺雁塔題名為誌。期待這一篇篇列名《雁塔集》的作品能藉著文字的雋永與不朽，供港中學子仰望觀摩，見賢思齊。

高高的椰子樹、美麗的杜鵑花、幸運的報喜鐘，港中有如「小台大」，我們期許孩子們有開闊的胸懷和遠大的志向，在I世代創造自己無限的可能。閱讀是把別人的經驗內化成為自己的，打開一本書就如同打開一個世界，讓我們可以用有限的生命去學習無限的知識。21世紀的領導力是創造未來，閱讀可以讓我們天馬行空的想像未來，而寫作則讓我們的夢想確實可行。洪蘭教授說：「人生是馬拉松，不是百米衝刺，沒有輸在起跑點這句話。」關鍵的時代，創意的思考，讓我們從提筆寫作開始！

王美霞

2013年6月3日

校長

劉葳蕤

小時候因為喜歡讀課外書，好像可以寫出一些作文，又受到老師的鼓勵，就自認作文寫得不錯。中學的時候，最喜歡寫30分鐘作文，因為聯考寫作文的時間只有30分鐘，所以能在短時間內寫出一篇讓閱卷老師可以接受的文章，是很有成就感的。

年紀漸長，寫作的內容只剩與工作有關的計畫，年輕時寫作的熱情早已不再，而自己的筆也早已禿得不成形，突然想起國中老師說過：「寫作要慢慢磨，細細練，文筆才能練得出來。」幸運的自己，透過這次文選集的邀約，再一次喚醒自己記憶裡殘存的寫作細胞，寫下點滴心情與大家分享，也希望熱愛寫作的同學，能持續自己的熱情，經由手中的筆，給自己的青春灑下絢麗的色彩，不要留白。

序

唐代的大雁塔，盡收佛學經典之家，許多著名詩人登臨大雁塔也都留下傳誦至今的佳句，《雁塔集》意味匯集港中曠世之作，讓人細細品味的美好文章之大集結。它也是南港高中領先計畫的第一個成果集，面對這本文選，我的心中充滿感恩與感動！

港中的領先計畫從一開始規劃，有著美霞校長的睿智，邀請余霖校長為我們演講特色課程的重要性，感動了國文科老師等共同策劃出優質的特色課程。在這一年的規劃期中，與師大陳佩英教授、臺大王秀槐教授多次討論，經過大師的指點，不斷的修正、腦力激盪，終於孕育出「青春踩踏紀錄」計畫。國文科的特色課程，在整個領先計畫的評審過程中，於各校子計畫中最受委員青睞，好評不斷，這都要歸功於國文科老師的用心設計。

101學年度《雁塔集》，集結港中各路文學菁英作品；透過老師各式主題的設計下，引導同學思考與體會，認真寫下自己的感想，給自己留下青春的見證，可喜的是體育班的同學也不落人後，一同留下屬於自己驕傲的回憶喔！透過閱讀與寫作，同學們對於自己的邏輯思考及同理心的培養都有很大的助益，經由閱讀別人的故事，可以開展我們的視野，跟著故事去冒險、感受，甚至體驗你不可能體驗的世界，並且增長自己的感受與智慧。

最後，還是要感謝在第一線推動整個計畫的國文老師們，篳路藍縷地辛苦設計各種主題、訂定出港中自己的寫作評分規準，為孩子們的閱讀寫作奠定根基；沒有你們的大力推動，一切都是紙上談兵而已，有了活動的執行與貫徹者，才有如此豐富的果實，心中只有不斷的感恩，也期許港中的《年度文選——雁塔集》更加的壯闊豐碩！！

劉葳蕤

102年6月6日

緣　起

因為想要看見學生書寫自己的生命故事，所以展開了《港中年度文選》的構思，希望藉著這本著作，讓學生明白：能夠書寫，就是展現自己最美好的天賦。

幸運的，在前任校長王美霞與劉葳蕤校長的帶領下，港中通過了「領先計畫」，感謝她們的全力支持，國文科的寫作課程——「青春踩踏記錄」得以具體實現。而《港中年度文選——雁塔集》正是伴隨寫作課程最豐碩的產出之一。

《港中年度文選》預計一年出版一本。內容收錄港中學生的優秀作品，包括：散文、新詩、小說、閱讀心得等等。今年新詩、小說的作品雖然不多，但都是值得稱讚的佳作，尤其在新詩的部分，我們看到了體育班的學生也有新詩仿寫的作品入選，令人眼睛一亮。希望第二年度的文選，作品的質與量都能有所成長，甚至可以加入小論文的創作。

這本《年度文選》可以說是港中有史以來第一本純文學作品集。希望透過這本文選，讓學生看見豐富深刻的寫作典範，進一步感染寫作的樂趣，使港中洋溢著濃厚的文學氣息。

值得一提的是：這本《年度文選》除了收錄學生的作品，還記錄下他們生動的表情，在作品旁都附上作者的照片，並且分享了作者的介紹及心情點滴。看著一張張學生的照片，更能感受到作品中所呈現的性格特色，躍然紙上。

完成這本文選固然高興，但最珍貴難忘的還是過程中師生的互動：指導學生創作、用鏡頭捕捉學生靈活多變的表情、學生深切感受到自己的作品被尊重，進一步更重視創作、愛上創作的成長蛻變，這一切都讓我們的心情跟著飛揚起來，強烈感受到靈動、有生命力的青春能量。可以說製作這本文選的每一天，都充滿快樂、活力，內心的靈感源源不絕……。

除了作者之外，還要特別感謝協助打字、校稿、設計封面、封底以及插畫的同學，有他們的大力支持與分工，才能產出這本著作。

港中的學生真的很活躍、可愛，他們有熱情、有創意，只是自信心略顯不足。這本著作的完成，正是鼓勵學生看見自己的亮度，挖掘自己的特質，能夠勇敢又自信的大聲宣示：我是可貴的！我的生命故事是動人的！如此《港中年度文選》也就達到它的終極目標與價值了。

國文科作文教材研發社群

散文～

散文，是生活中的逗號：
點在當下，撇出美好。

作者
趙又萱

當第一次看到這個題目時，心中便湧起許多回憶與靈感，也讓我把沉澱在心底的回憶重新深思、回味，也許大家覺得最美的滋味不該如此地淺白，僅僅在文章中形容一道佳餚，應該將題目放寬視角來寫，但在這道菜色裡，我不僅品嘗到食物的美味，也感受到人情的溫暖，更體會到離別與思念的滋味，相信未來我依然會提起筆，抒發我的心情與想法！

生命中最美的滋味

有一種滋味，嘗過了便忘不了，記憶裡，香氣不僅在舌尖上盤旋，更填補、滿足了所有的味蕾；記憶裡，口中微熱的溫度猶存，也勾勒出那段最特別、最美好的片刻。

還記得漁港旁的簡餐店，豐富了我的童年與那張挑剔的嘴。雖然外觀不比大餐廳的富麗堂皇，裡頭溫馨的擺設，卻多了分親和的氛圍。簡餐店是由一對老夫妻經營，每當客人上門時，總是熱情地與大家寒暄，老闆和藹可親的態度，就像是份開胃菜，在點餐前便能品嘗到一盤滿滿的親切與溫暖。我想，這就是店內時常高朋滿座的原因吧！而老闆的招牌飯總使我著迷不已，金黃外皮的雞腿上點綴些許的羅勒，香氣氤在四周的空氣裡，當大口咬下時，酥脆的外皮發出卡滋卡滋的聲響，而雞肉則在口腔中盡情翻騰，配上大口白飯，帶來更多的飽足感，也中和了嘴裡的油膩。附餐是一杯特調的紅茶，茶葉的清香撲鼻，使人不自覺放鬆身心，一場精彩的美食饗宴就此落幕！

簡餐店成為家庭聚會絕佳的選擇，每一次彼此真誠的問候，總能點染他人的心田。客人都喜歡與老闆聊天，即便是閒話家常，但他們必定和我一樣，被老闆慈祥的模樣與店內溫馨的氣氛所吸引吧！然而，在一個細雨的午後，我們如往常從容走進店裡，卻得知老闆將移居國外的消息……此刻的心情，就像外頭的那場雨，沒有颳起大風，只是綿綿不絕地落下，一點一滴落在我的心上。

再次看著那間不起眼的老房，屋內早已空盪盪，卻依舊佇立在港邊面著海洋，望向裡頭，老闆充滿朝氣的招呼聲與慈祥的笑容仍無法忘懷，雞腿飯的魔力，也使我魂牽夢縈多年。我眺望著大海，希望能看見住在遠方的老闆，希望能再品嚐每一樣餐點，希望能再回味每一個美好的時刻。

作者

李詩黎

我叫做李詩黎，出生於台北，但在高雄長大，一直到七歲才又回到台北念書。從小，跟著爺爺奶奶一起生活，住在鄉下，享受無憂無慮的快樂。回到台北後，開始接觸閱讀寫作，使我的生命更豐富。喜歡聽音樂、唱歌，喜歡五月天，他們啟發我很多人生的意義：「永不放棄，勇敢追夢！」我明白我也可以透過寫作，追逐人生的希望和夢想。

幸　福

如果時光可以倒流，我就能夠回到全家團聚的那一夜……。

曾經我是如此不懂事，放學後總是貪戀著和同學們嬉戲，錯過了和家人相聚的晚餐，更錯過了媽媽為我用心烹煮的一道道菜餚。

直到媽媽的癌症復發，住院前的最後一次家族聚餐，所有的親朋好友到家中作客。那一晚，歡笑聲劃破了好幾天的沉重，周圍的氣氛似乎充滿了希望，但我卻一個人偷偷躲在浴室哭泣……，因為我明白媽媽得的是重病，我真的好害怕這樣團聚的日子不多了……。

自從媽媽住院後，大家都過著提心吊膽的日子。上學時我總是忐忑不安，強烈的思念讓我放學後便飛奔至醫院，一到醫院，我的腳步卻又變得沉重緩慢，遲遲不敢進病房，因為我害怕看到媽媽的體力愈來愈差，害怕看到瘦骨如柴、體重直線下滑的媽媽，害怕看到面容慘白、憔悴不已的媽媽，更害怕讓媽媽看到我的眼淚……。

為了把握每分每秒與媽媽共度的時間，我強忍淚水，幫媽媽按摩、換藥、聊聊學校的趣事，直到媽媽睡去。看著媽媽睡著的神情，我又心痛又愧疚，深深自責從前沒有好好陪伴媽媽，我後悔錯過了好多媽媽健康的笑容，我怨恨老天爺為什麼要這樣折磨媽媽，我憤怒自己的力量如此薄弱，我怒吼、無奈、悲傷、絕望，終究我只能讓淚水靜靜的氾濫……。

媽媽選擇在和大家道別後的清晨，離開了我們。我想逃避這種悲傷，我想解脫眼前的痛苦，每一天我都哭著睡著，又失望的醒來，每一天我都精神不振，昏沉睡去，又在睡夢中驚醒，這種日子持續了好久、好累……，直到我夢見了媽媽。夢中的媽媽回復了生病前的健康氣色，和我對話。慢慢的我感受到：雖然媽媽提早走出我們的生命，但她留給我們的，會永遠存放在我們心裡。曾經抱著媽媽，她對我說：「這輩子沒有好好陪伴你們，希望下輩子還有機會當親人。」我猛力搖頭告訴媽媽：「這輩子你給我們太多了，當你的女兒真的很幸福。」

現在回想起來，和媽媽在一起的點點滴滴都是幸福的，媽媽生病之前，我不曾主動牽媽媽的手，不曾幫她按摩，甚至不曾面對面交談兩小時，如今我才明白有機會做這些事情，是多麼的幸福！即使只是牽著媽媽的手，知道她還在我身邊，那種踏實就足以產生強大的安全感。

媽媽為了我們勇敢地對抗病魔，媽媽讓我們明白要更堅強、過得更好。媽媽的離開，是一個強烈巨大的衝擊，但也因為失去，我更珍惜在一起的可貴，學會把握時光，把握與家人相處的每一刻。至少，我還有爸爸，我會跟姊姊一起孝順爸爸，陪著爸爸一起走過傷痛。我們答應媽媽，會連她的份一起過得更好。我相信即使時間消逝，也不會凍結我們家人的情感，我們說好要延續媽媽的愛，讓生命散發光彩。

真的很感謝媽媽為自己、也為家人而活，每當抬頭望向天空，心中就開始和媽媽產生連結。細細回憶每一個媽媽陪伴的時刻，是我現在能夠讓自己舒服、心情平靜的方式。因為我深深感受到，媽媽在用不同的方式讓我明白：我仍然可以挖掘生命中不同的幸福，即使是簡單平常的事情，都值得用心體會！

作者

謝敏姿

從小閱讀就是我最大的興趣，在文學的天地裡，我總能從文字的組織中，找到自己的一片天地，揮灑自己的想像，這就是我認為寫作最幸福的地方。

幸 福

陽光從窗戶灑落，照在木地板上，像天堂降下的一層金色沙簾，使四周原本潮濕、陰沉的空氣，都活躍了起來，到底是那和煦的陽光溫暖了我的心，還是你厚實寬大的愛，讓那幸福的氛圍包裹著我呢？

你總是把我捧在手心上呵護，一點小傷，一點不開心，那充滿擔心的關愛眼神，都會展露無遺。而我就是你寵壞的小公主，永遠想要掙脫你包覆我的愛的糖衣。對我來說，它太暖、太厚重，就像在冬天，那樣寒冷的季節，多加了好多件的大毛衣，不只笨重還顯得多餘。於是我開始抗拒，對你變得冷漠，急於宣示自己的成熟獨立，從視為理所當然到幾乎忘了你一直在我身邊守候。

直到我看到你原本茂密的黑髮，變為稀疏，並且染上了白雪，而你的額頭上，多了許多勞累象徵的線條，我才發現，那個始終擁有強壯手臂，守護著我們全家的爸爸，時間漸漸帶走了他的健康。

在某個風雨交加的夜晚，我聽到了重重「咚」的一聲，以及你的哮喘聲，趕緊跑去，看到你倒在地上痛苦地掙扎，那是我這輩子永遠忘不了的畫面，之後媽媽的呼喊以及救護車的到來，我始終呆坐在那，彷彿被抽離出現實，意識遊走在空無的世界裡。

忘記了如何熬過漫長的等待，焦慮、不安、猜測，各種恐懼的思緒飛撞到腦海，頭部脹痛到無法思考，像停止播放節目的電視畫面，瞬間空白……。只知道在急診室急救了三個小時，你終於度過了危險期，我走進病房，看到媽媽正握著你的手流淚，你抬起頭看到了我，對我露出了微笑。那一刻，我的眼淚再也止不住地流了下來，淚水流到臉上，我才開始感受到溫度。不顧一切奔向你懷裡大聲地哭泣，此時的你，全身素白，彷彿天使，陽光從窗戶灑落，你輕輕地拍著我說：「乖！孩子，爸爸會一直在的。」我的心在那一刻才平靜了下來，瞬間有股溫熱的暖流流進了我的心田，是心安、是自在、是一種深深的感動。緊懸的心頓時鬆綁，那時我才發現，原來幸福一直都在我身邊，只是我發現得太晚。

幸福，總是在失去之後，才懂得珍惜。也就是因為爸爸的愛，太無私、太溫暖，時時刻刻都在我身邊，讓我忽略了擁有家人的幸福。現在我明白：幸福，原來只是最簡單的守護、陪伴。給你身邊的人溫暖和關心，無須計較多寡，只要用心付出，愛就會用最真誠的語言，交流兩顆熾熱的心。

作者

林佳穎

即使沒有天賦，仍想要嘗試、用心地寫作，就像想追逐音樂、創作動聽的樂曲一樣，需要不斷地練習琢磨，才能嘗到甜美的果實。告訴自己：「沒有做不到的！」苦練會有所進步，更能向目標大步地邁進。

加油！築夢，踏實。

不再迷失

看著窗外，現在是凌晨一點，外面是一片死寂，沒有任何光線的世界，頓時覺得自己與世隔絕，感到一股無法訴說的憂愁正壓抑著我的內心，直到再也無法承受那長久累積的痛，它即將爆開、吞噬自我，讓我從此不再相信人性……。

回想起那段痛心的記憶，我單純地以為一個人再墮落，也不會拋棄他的良心。沒想到我錯了，這世上沒有不變的事物，我的爸爸變得可怕、可憎，他真的是我心裡一向尊敬的爸爸嗎？他變得如此狠心，每天回家就是酗酒，找機會引發家裡一場大革命，暴怒、咆哮、瘋狂、哭鬧，直到睡去。家人就像是被他操縱的玩偶一般，被支配著上演的戲碼與角色，深怕一不如他的意，就會引來更長久的不平靜。我只好封鎖自己的心，用看似堅強的外表去面對他，但他永遠不會知道我心裡的壓力是多麼龐大。我開始不相信人性，總覺得有人要對我不利、有人故意隱瞞欺騙我，我常感到有人背地裡說我的壞話，我不知道世上還有誰可以信任……。

暑假和媽媽來到了花蓮──慈濟，莊嚴安靜、清新素雅的環境，讓我煩亂的心頓時平靜下來。每一位講道的法師，都是活出自己的生命，令人敬仰的修行者，全身上下散發著慈悲的光芒和溫暖的力量。法師說：「既然生在世間，就不能離開眾緣，修行也不能離群隱世。真正的解脫是在眾緣中求得，也是在煩惱中解脫。」法師的言語闖進我封鎖已久的心，我覺得一陣鼻酸，眼淚流了下來，內心被一股強大的力量攪動著。

閉上眼睛，捫心自問，這些日子以來我到底做了什麼？怎麼去看待身邊的每一個人？為什麼和人相處總是帶著戒心？為什麼只想逃避？以為封閉自己的內心就可以解決問題，事實上問題仍然存在，沒有消失。其實我所看到的一切，都是自己人生的課題，既然無法避免，何不轉換心態重新面對？

爸爸只不過是變了一個人，變成我不熟悉的陌生人罷了。我不能改變他，那就接受他，陪他一起面對心中的問題，不要因為爸爸目前的狀態而扭曲了我自己的內心，不要用他人的錯誤來懲罰自己！明白了自己可以調整的方向，我的心彷彿打開了厚重的大門，有了重新出發的力量。帶著微笑，我要勇敢面對生命中的課題，不要再刻意與人保持距離了。

突然覺得一股暖意湧上心頭，我感受到自己是幸福的。找回最真實的自我，不再成為迷途羔羊，人生可以活得很精采，就看你如何面對並且接納他人，真誠地敞開自己的心扉，當然最重要的還是要懷抱熱情去經歷各種考驗，這樣即使遭遇困境，也能從中體會到最珍貴的禮物。

作者

陳佳琪

文字的影響無遠弗屆，它就像石子一般，能敲醒處在混沌中的人們，能投入我們心中那池靜止的水而引起漣漪，更能打破那我們用來桎梏自己的牢房。

想 飛

張開雙臂，輕振羽翅，奮力一蹬，揮動臂膀，俯視萬物，感受天地間所有事物的氣息，此時，我擁有了全世界。

「你有什麼夢想？」你是否曾被別人問過這樣的問題？剛開始，我們心智懵懂，天真爛漫，心裡想到什麼就說什麼，不帶任何掩飾地說出了我們遠大的志向，眼神閃爍，下巴抬得高高的，十分神氣，對於自己相當肯定，對於自己的未來充滿驕傲。他人聽了往往是給予正面的回應：「那是你的夢想嗎？那你一定要很努力唷！加油！」當時的我們欣然地接受這些肯定，繼續編織著自己的夢想。

隨著四季的更替，我們慢慢地長大，有人再次問：「你有什麼夢想？」這時的我們心智已逐漸成熟，說出來的話語不再是直率地來自內心深處，我們學會包裝句子，學會揣摩別人心中的想法，推估他們的反應，會「三思而後言」，以致於最後的回答常常是口是心非，帶有很多的模稜兩可和不確定，抹滅了我們的初衷。

每個人的心中都曾有一個夢，一個帶有翅膀的夢，它可以帶著你飛翔，至少原來是這樣的。但在我們成長的過程中，我們不斷地把它「包裝」，它的羽翅一次又一次的被綁住，我們以為經過美化後它會變得更美好，其實並不然，我們只是不斷地在禁錮那想飛的夢而已。

現在你還記得那個你曾想與它一同飛翔的夢想嗎？把它找回來吧！解開它的束縛，讓它帶著你，一起在那片你曾追尋的天空裡翱翔。

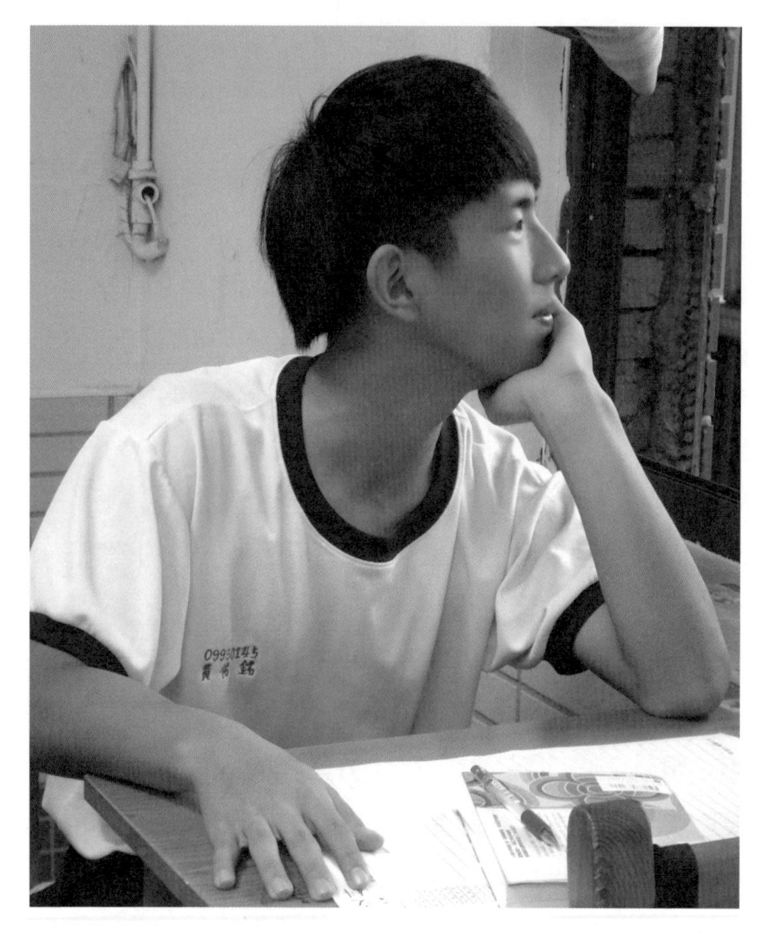

作者
黃佑銘

吳三連文學獎的得主劉克襄曾對「寫作」下過評論：「在紮實的訓練中培養樂趣」我，亦是如此。關於寫文章，我認為要透過文學的基礎，和綿密的思考，自然而然能成為一種屬於自己的風格。此外，應該多聽、多看、多讀，才能增廣見聞，藉此發揮內心種種的想法。

想飛

狄更斯在《雙城記》的卷頭語曾說：「這是一個最黑暗的時代，也是一個最光明的時代。」而我要說：「這是一個屬於夢想飛行的時代。」

人總是想飛的，因為想飛，哥倫布對陌生的大西洋踏出了偉大的一步，最終發現新大陸；因為想飛，讓從小就患有急性腦炎，導致失聰和失明的海倫·凱勒，努力奮發的學習，最終成為有名的作家和教育家，更成為人類歷史上第一位獲得文學學士學位的盲聾人。在人的一生中，總是有些許夢想，夢想著突破自我，振翅高飛，只要飛行的航道上是正確的、是自己想要的，就不要怕距離有多遠，而是要以欲望提升熱忱，以毅力磨平高山。俗話說的好：「自古成功在嘗試。」

我也想飛，化身成為展翅高飛的老鷹，使夢想依附著羽毛——「當一位大企業家。」然而，在我飛行的過程中，也許會碰到很多困境，但我相信：「不經一番寒徹骨，焉得梅花撲鼻香」、「成功永遠不嫌晚」的信念，猶如現今全球最大的跨國連鎖餐廳——麥當勞的創始人克羅克一樣，當時已經年過半百，但他所創立的基業，至今已是無人能匹敵的連鎖速食企業。

以一言蔽之，「機會是留給準備好的人」，積極的人在每一次能夠飛行的機會中大展身手。而我是想飛的，因為我相信禁錮自我，扼殺飛行的念頭，生活是沒有目標，猶如在茫茫的大海中，漫無目的地漂流。我相信：路是人走出來的。夢想是人飛出來的。我更堅信：只要我願意振翅準備，我就能夠飛翔。

作者

李子瑩

這篇作品是當初準備學測時練習的作文，卻出乎意料入選《港中年度文選》，這件事對於寫作上處處碰壁的我有很大的鼓勵。閱讀、聽音樂是我的興趣，也是我放鬆心情、紓解壓力的管道，但升上高中後，忙碌的備考生活使我與它們漸行漸遠。

看到作文題目時，不禁省思一直以來為了學業汲汲營營，有多久沒有好好聆聽自己心中的聲音了呢？於是我寫下這篇文章，提醒自己為理想奮鬥之際，仍要為自己的心靈保留喘息的空間。

詩歌與人生

當你遭遇憂愁，詩歌是你的知己，細細品嚐曲中的歌詞、詩句，有多少與你面臨的挫折、無奈相呼應呢？它替你訴說、抒發多少剪不斷理還亂的愁緒呢？唯有它能在此時進到你的心坎裡，因為它能訴說你內心的情感。

當你遭遇快樂，詩歌是你的知音，細細聆聽曲中的旋律、節奏，有多少與你面臨的喜悅、幸福相呼應呢？它與你共享、同樂多少「三月不知肉味」的美好？唯有它能在這時進到你的心坎裡，因為它能感同身受你所迎受的。

自古以來，吟詩作樂是多少文人雨悲、晴喜的消遣及抒發，屈原遊於江邊，行吟澤畔，宣洩因小人構陷，被國君流放的苦悶；杜甫急從巴峽穿巫峽的歸程中，寫下久違返鄉，再見親人的愉悅。人們藉創作詩歌闡發各式各樣的心情，又從他人的作品中得到啟發，繼而成為流傳萬代的鉅作，影像後世的我們，感悟其中的道理，陶冶自己的性靈，甚至著作別出心裁的創意。

孔子云：「興於《詩》，立於禮，成於樂。」詩歌不僅是良師，更是益友，不論你難過或快樂，它都能與你同甘共苦，你開心，它和你共享這個雨過天晴的美好；你憂傷，它陪你共度那愁雲慘霧的苦悶，再慢慢引導你從風雨中走出，迎接不遠處的希望。

作者
何亮萱

人生匆匆，如同白駒過隙，轉眼即逝，到底能捕捉到什麼？黑字白紙之間，雖然沒有繽紛的色彩，卻流露出最真誠的對白。

我想用文字，使人憶起被遺忘的故事；我想用文字，使人進入走不到的境地。也許沒有深奧的技巧，沒有華麗的裝飾，但我 用我的筆與手，也能成為文字的魔術師。

最美的自己

從小我便明白了一個殘忍的道理——世界上分為兩種人：美與醜的人。它們是兩個相對的存在。前者受到讚揚和喜愛，後者則受到批評和厭惡。

從小，我常因為貌醜而被人嘲笑。在家中，爺爺奶奶總是溺愛可愛的表妹而數落貌醜的自己；在學校，同學總是喜歡與相貌姣好的人攀談而對於外型冷漠、不好看的自己，還替我取了許多不堪的難聽綽號，讓我感到自卑不已。「美」，它是與我完全不相干的存在，即使我試了再多的保養品、化妝品，瘋狂地節食減肥，也無法觸及到它，無法感受到它的溫暖。

高中時，我參加了戲劇社。在社團中我感受到了不一樣的空氣，一種受歡迎的氛圍。我喜歡演戲，享受上臺表演的喜悅。老師和同學都稱讚我的表演才藝，於是我順利地被選為社團戲劇表演的女主角，並且得以到校外發表成果。演出當天，我拿出了平常用心練習的成果，全神貫注投入劇中，說出口的台詞彷彿就是自己的話語般，我與女主角的生命合而為一，我感受到此時此刻是屬於我的天地，一直披著自卑感的厚重外衣，不知道什麼時候消失了，取而代之的是我自然的姿態，自信而充滿魅力的神采。即使沒有美麗，我依然可以在觀眾的面前發光發熱，展現我最真、最特別的一面，我依然可以觸動觀眾心底最深的那根弦。

我明白真正的美麗並不是只有外表看到的東西，它是一種出於內心的力量，正如一出生便缺乏四肢的乙武洋匡，雖然沒有迷人的體態，卻用他屹立不搖的精神克服了肢體的殘缺，進一步創造了心靈豐富、感動大家的絢麗人生。林書豪因為自己的華人血統在籃球職場中飽受歧視，他卻用自己的努力，讓世人見證了他不凡的堅持。這就是一種美的力量，超越形式而給人心靈感動的強大能量。

一個人的美並不取決於他的外貌，而是他或她的人生是否活得繽紛斑爛，我不必再追求外表的美，因為我知道有另一種人生的高度，是我可以勇往直前、努力追求的，那就是：站在舞臺上全心全力投入的時刻，便是我最美麗的樣子。

作者
倪紹恩

眾生如漂鳥，紅塵皆煩惱。是非轉頭空，皆付拈花笑。

觀想我是一名動畫大師

「奧斯卡金像獎，終身成就獎得主——倪紹恩。」當聽到自己的名字時，我並不感到驚訝，不是因為大會提早告知我，而是因為我始終相信自己值得獲頒這樣的獎項。

我緩緩地走到臺上，對觀眾致上一個輕鬆且直率的微笑，然後用蒼老的手調整麥克風，說：「我是一名動畫師，我以這樣的身分為榮，並且希望能繼續畫下去。小時候當我看到皮克斯、吉卜力和迪士尼所製作的動畫電影時，便夢想著有一天能超越約翰·拉撒特和宮崎駿先生，創作出更豐富、更美麗的世界。而事實證明，這個常常被人譏笑的夢想，成真了。」

一個人的夢想往往投射他內心世界的廣度和大小，而一個人能夠達成夢想便顯示出他的信心及意志的堅強與高貴。迪士尼先生曾說過：「一切都是從一隻老鼠開始的。」只要你願意說出自己想要的，那麼你的夢想便會開始茁壯、發芽。或許有一天，你會發現當初的小苗已成為今日高大的樹木。如果你放棄了、妥協了，那你永遠不曉得你自己的夢想究竟能長得多高……。

我很高興自己是一名動畫師。當我能以高空的風和雲彩來表達對觀眾的由衷問候時，我便會感到一陣無法自已的狂喜；當我能以自己創造的世界提供觀眾作為避風港時，我便會開心感動得流下淚來；當我能將自己想傳達的毫無遺漏地轉化為一幕幕的畫面時，我便會覺得自己是極其幸福的，這就是夢想帶給我的喜悅。

夢想無大小、貴賤之分，沒有你的許可，沒有人能迫使你放棄夢想。或許覺得自己的能力不足，或許感到不知未來置於何處的惶恐，但是請注意，猶豫只會使人變得脆弱。很多時候，問題不在於可不可以，而是願不願意。

追求夢想，是沒有任何限制的。「我是一名動畫師，而我以此為榮。」我躬著身，笑了笑。

我聽見掌聲，只感到一股熾熱依然在心中發燙。「謝謝各位！」

作者

黃詩雅

深怕時間一久，就忘了事情發生當下的感動，所以喜歡用文字記錄著周遭的一切，以及心情點滴。我相信文字不僅能保存感動，更能把想法帶給讀者、和讀者交流。寫作是我的生活態度、是我享受人生的方式。

錯　過

人生是一趟漫長的旅行，在旅程中，我們難免會因為某些原因而錯過，對於有些錯過，我們能夠聳聳肩，苦笑著等待下一次機會，然而有些錯過，卻會成為一輩子埋在心底的遺憾。

一直以來我自認不曾錯過什麼大事，平常錯過了公車、捷運，也都能耐住性子再等下一班。即使錯過了一場難得的表演，我也能豁達的告訴自己：「反正下次還會有更精彩的演出。」直到暑假遊歐洲，我才深刻了解：原來錯過一場與朋友的約會，會令我這麼難過、遺憾，甚至心痛……。

這次的歐洲自由行停留在法國的時間只有短短的四天，扣掉已經計畫好要參觀鄰近城市的時間，我只剩下兩天能和法國的朋友們見面，而且已經畢業的他們，身處法國不同的大學，使得我們費了好大的力氣才確定在七月九日的傍晚見面。我非常期待與他們見面，因為他們在我生命中占了很重要的位置，在我擔任交換學生時的記憶裡，更少不了他們每一個人，想到可以重溫那異鄉動人誠摯的友誼，與他們見面的前一天，我更是開心到沒有一時一刻不在傻笑。

「就是今天了！今天晚上！」這是七月九號清晨醒來，第一句飛入腦海的話。在法國沒有手機的我，早在好幾天前就交代朋友們：當他們的火車一到達，就從臉書發訊息給我，我接到後會趕到車站與他們會合。那天早上我們全家在小城市裡逛街，越逛越起勁，我看著一間一間正在打折的服裝店，像中了邪似的開心地直拉著弟弟跑進每一家店撿便宜！當我提著大包小包走回旅館時，我才像被雷打到似的大叫，立刻上網：「我們六點會到喔！」當我看到這封訊息時，已經八點半了。我急得哭了出來，心情就像不斷被石頭撞擊的水面，震盪不已。顧不了這麼多，我用公共電話打給每一個人，只要能見到他們一面，我願意做任何的事情。

聽著電話持續傳來的嘟嘟聲，我的心情好亂、好複雜，從前的回憶一一閃過我的腦海：和他們第一次見面是一個雨天，一群人七手八腳努力誠懇的向我解釋。三個月後他們抱著我、拉著我東奔西跑地認識他們的朋友，用我的名字創作歌曲，大家一同躺在草地上談論著各自的夢想，一同坐在橋上唱歌到天亮……太多太多的過往……。我的眼淚無法停止，只能蹲在街頭泣不成聲，電…話沒有人接聽，已經九點半了，原來還抱著一點點期待的我哭得更傷心了，我的人生中會有幾次與他們見面的機會？大家四散在世界的角落，要彼此相遇有多困難！如果我早一點回飯店看到那一封訊息，就不會錯過了……。坐在地上，我久久無法站起來，原來錯過一件事情會讓人這麼心痛，痛到手腳痲痺、痛到無法呼吸！頭暈暈的向他們發了封簡訊，帶著眼淚和滿腦子的懊悔望著天空祈禱。之後依然沒有見到他們，這個慘痛的經驗為我上了寶貴的一堂課。

直到現在，每當再次想起和法國朋友們錯過的約會，我的心依然會隱隱作痛，我明白這個痛是在提醒我：要更謹慎、更重視、更珍惜每一個人生中相聚的時刻。我也告訴自己：一定不再讓這種劇情重演，因為未來我要用擁抱、關懷，甚至更多的實際行動，去愛我生命中的每一個遇見。

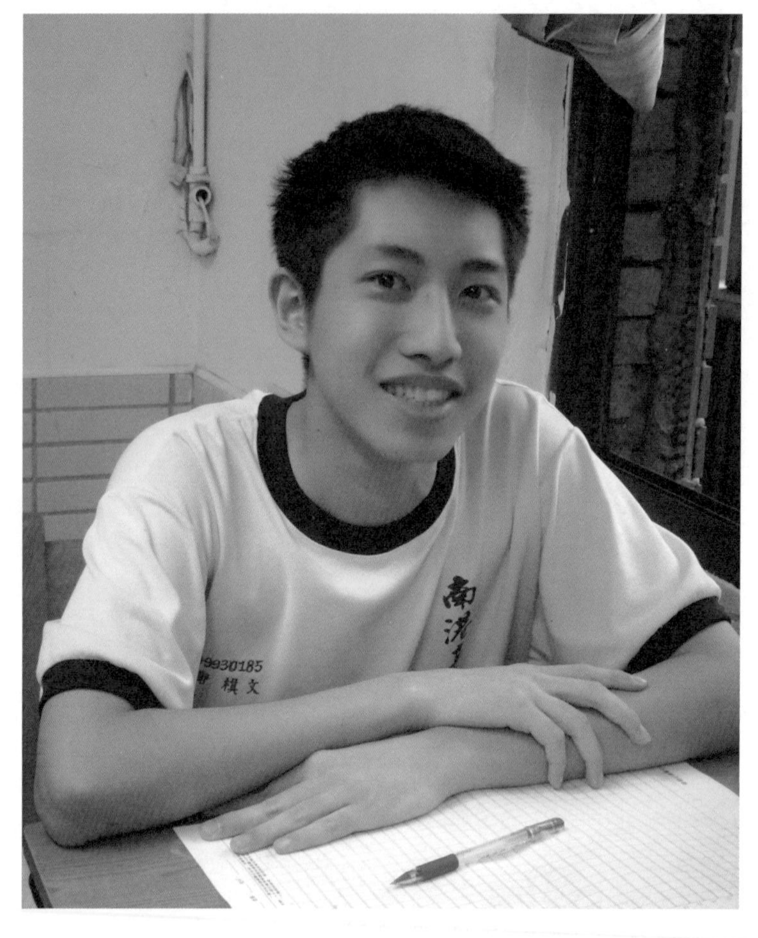

作者

鄭棋文

很開心能夠入選《港中年度文選》，與大家分享我的文章。當初為了學測作文得高分，所以每周固定寫一篇作文請國文老師批改。練習的過程中，意外地增加我寫作的自信，找到寫作的快樂及熱情，結果就一直寫下去。

寫作讓我更用心去發現生活周遭的事物，即便它很不起眼，但當你用心思考及觀察，會發現其中的動人之處。

方　向

我們的一生，不斷尋找著屬於自己的方向與道路。過程中，遇到許多挫折，透過不斷的修正，最後找到了方向，奮力往前衝刺。達到目標後，你會發現名聲與金錢只是附帶的結果，你更在乎的是目標背後的意義與價值。

成功的人，都有一個共同的特質，那就是他們找到自己的方向。但是觀察他們成功的原因，會發現他們並不會鎖定唯一的方向。因為在複雜的現代社會、資訊爆炸的時代，只有一個方向是不夠的，需要多方面的接觸與嘗試，才能成為勝利者。

現實世界中成功的人士，可以激勵人心；動漫世界中的奮鬥人物，往往更加觸動我的心底。比如我最愛的卡通人物——《火影忍者》當中的「漩渦鳴人」，他從小被人排擠，沒有父母、沒有朋友，但這沒有澆熄他內心的雄心壯志，唯一的志向就是想要成為「火影」，所以他不斷的訓練自己，克服孤獨的痛苦，以及內心的弱點、恐懼，終於成為火影忍者，但比火影忍者更偉大的是，他挖掘了自己愛人的潛能，他找到人生的價值在於幫助他人。《航海王》的魯夫堅持自己的方向，以純真善良的本性，克服旅途中的種種困難，最終也實現了他的夢想。雖然是動漫人物，但那樣的正義感，以及「堅持到底，永不放棄」的精神，都是值得我們學習。

當然不是每個成功的人，從小就找到適合自己的道路。像是從幼稚的高中生，到知名的小說家，現在是家喻戶曉的知名導演——九把刀，因為有繪畫設計的藝術天分，考上美術班，最後卻驚覺自己想要寫小說，雖然起步較晚，但他聽從自己心中的意志，努力創作，終於寫出了紅遍全亞洲的《那些年我們一起追的女孩》，九把刀的成就，不就是來自他不斷地挖掘住在身體裡不為人知的那些潛在能力嗎？

身為年輕人，就是要不斷突破，找到自己的人生方向。以前台灣經濟起飛的年代，自己的方向父母幫你決定，雖然都有工作，但卻時常埋怨父母替自己選了不愛的工作。如今，思想開放，方向更多、選擇更多，我們更應把握機會，找到自己真正喜愛的未來。

青春不要蹉跎，去尋找吧！那屬於自己的人生方向。

作者
李佩君

文字很妙，能擴大想像、勾起回憶、提醒我們成長的腳步。

我覺得能夠用文字寫出人生的經歷是件幸福的事，使得遇到的人事物都可以一再回味。感謝神，我遇見了我的家人，進到了港中，和親愛的101喇叭嘴及可愛的304度過豐富的三年。你們是我文字裡最美的題材，最震撼的韻律。歡笑和淚水交織的青春，才有一篇篇的故事化為永不腐朽的文字，讓感動繼續蔓延，深根在彼此心底，暖暖的。

不要對他人有期待

我坐在朋友的身旁，聽著她彈奏著優雅的古箏演奏，思緒就這樣被帶往遠方，回想著過去的點點滴滴……。

以前我總是對很多人懷抱期待，因為希望自己的付出可以得到回報，因為希望別人幫我完成自己應該完成的事，在這樣的心態下，我盡可能的去幫助別人，好換取更多對我有利的情況。

有一次補習班的作業無法完成，那時班上許多和我交情不錯的朋友都上同一家補習班，常常借別人抄作業的我心想：反正向朋友借作業抄寫就完成了。於是我抱著這樣的期待去找我最好的朋友，央求她借我作業，結果她非但不借，反而訓了我一頓：「你抄了可以學到什麼？自己的事要自己負責！」當下我愣了一下，完全不懂怎麼了，只覺得一股血氣往胸口沸騰，心中滿是尷尬和埋怨。

回家後，向媽媽抱怨朋友的不體貼，媽媽反而鼓勵我：「她是個難得的好朋友，希望你去想想她說的話背後的意義，才不會辜負了彼此知心的友誼。」深夜，我的情緒漸漸平靜下來，腦海回想起朋友的話，一股羞愧湧上心頭，我明白我錯了，朋友是對的。別人沒有義務要幫我，更沒有所謂的「應該」這樣幫我，而且還是協助我做錯誤的事。

這雖然是一件小事，但那句「自己的事要自己負責」我始終記得。因為那位密友，讓我可以學習為自己負責，又不會對別人有太大的期待，即使偶爾需要別人協助的事，我還是會請別人幫忙，但被拒絕的時候我也不會太難過，畢竟，能夠認定是自己的事，對自己負責的時候，別人的任何態度就不是最重要了，而你的眼光也會專注自己是否盡了責任，不會一直耗神在求助他人幫忙的形式上。

古箏還沒彈完，我看著那位密友專注的表情，她沒有必要彈奏給我聽，但她還是彈了，因為那是她想要做的事情。如果我們是發自內心想幫助別人，或是真誠的去做每一件事情，有沒有別人的了解或回報，似乎就不是那麼重要了！

作者
陳思融

我熱愛攝影、打球，周末假日喜歡和幾個志同道合的朋友看電影。

我的座右銘是：船到橋頭自然直。我也相信努力的價值與能量，凡事盡力後，一切順應自然，是最棒的人生。

寫作開拓了我的另一個視野，我堅信人生是一場旅程，充滿著許多問號和驚嘆號，別看扁自己、相信自己，一定可以做得到。

弱 點

過去，我總是追求著分數的成就感，透過不停地和別人競爭，取得到虛榮心和滿足感。每件事情只要贏過別人後，就開始自大狂妄，擁抱自己建構的高度。忘了看看別人的實力，忘了精益求精，往更高的目標邁進，只是活在自滿空虛的高塔裡。

國中時，我遇到了比我聰明、能力更強、善於學習的同學，每次段考不管我再怎麼努力，仍是以第二名收場，而始終把追逐分數排名當作目標的我，就像是被拳擊手灌了好幾記的重拳一般意志消沉，開始逃避一些不懂的問題，甚至把問題往外推，埋怨班上的讀書風氣不佳、段考試題鑑別度太低等等，就是想為自己找許多擋風板，只因為不願意面對自己的弱點，不敢看自己內在最深的恐懼，得過且過的度過了國中。

上了高中，雖然是新的班級、新的同學，有著新的機會、新的希望。但我明白我的內心仍有一個沉積未解的問題。有一天看到電視上NBA的球員寇比・布萊恩的一段訪談，他說：「我的求勝心在於超越自己的弱點，唯有強化自己才能戰勝一切。」我恍然大悟，布萊恩的話像是一根針直竄我的心底，直接扎入我的病灶，那是我一直逃避、不敢面對的弱點。

雖然我的成績不錯，但我明白我很少仔細精讀課本中的知識，我總是略讀，捕捉、猜測可能考試的重點。即使老師發問的部分有我不懂的地方，我也常常為了自尊，不敢舉手承認，並且安慰自己那些問題應該不會考。就這樣惡性循環，小考還能應付，段考卻已經慢慢顯示出我準備不足的情況了。我明白這是我必須面對的弱點，看到了這個弱點，我突然不再恐懼，因為我同時發現：自我的充實改進，才可以成就一切。從此之後，我放下了無謂的分數自尊，改成了積極求知的實際行動，每當遇到不懂的問題就提問，抱持著打破砂鍋問到底的精神，持續鍛鍊自己。

換了想法之後，每天從不明白到清楚了解的那種喜悅洋溢在心中，彷彿又回到孩童時期，總喜歡追問父母為什麼，得到答案後的那種滿足快樂，是那樣的純粹而充滿希望。靠著自己解決一道道不懂的難關，有種說不出的暢快和一股源源不絕的力量湧現全身。

我明白那是因為我包容了心中的弱點，正視它，和它對話，傾聽它的需要。我努力活出屬於自己的特色，成就了無限可能的自己，最重要的是進一步証明：弱點也可以用不同的方式發光發熱。

作者
班柔揚

　　一個個看起來毫無關聯的文字，將它們集結起來，就能成為一篇有力量的文章或優美的詩篇。用文字，我可以暢談自己的想法，不論是腦海裡的異想世界，又或是真實經歷的人事物，都可以透過文字與大家分享，希望大家能夠從這篇文章了解我，我是班柔揚。

給十二歲的自己

那時的妳，好像什麼也不知道，不確定自己的個性，不確定自己的興趣，每天都想尋找真實的自己，但妳總是不聽別人的意見，一味往前衝，受傷了也不害怕。

那時的妳，最討厭唱歌了，每次別人叫妳唱歌，妳總是緊閉著嘴巴，當然！妳的歌聲只能用五音不全來形容，不想唱歌也是理所當然。如果妳那天不打開電視，我是不是就遇不到我最愛的明星？如果妳那天沒有收看那個歌唱節目，我是不是就不會因為那個明星而開始喜歡唱歌？但妳確實打開了電視，也看了歌手選秀節目，當時的妳可能沒發覺，妳已經深深的被一位名叫曾沛慈的女生吸引，妳會被她的歌聲感動，也會因為她一個可愛的小動作而偷笑，更讓人驚訝的是妳開始哼歌了。

從哼歌到唱歌，從小聲唱到大聲，從房間開唱到街上，那時的妳就像個音樂瘋子，嘴巴沒有閒下來的時候，不管唱得好不好聽，也不管別人想不想聽，就是不停地唱歌、聽歌。妳大概不知道妳那時的亂唱，有一天可以唱到舞台上吧！妳大概不知道妳那時整天做的事，會變成妳一生最大的興趣吧！

謝謝妳那時候就算面對批評，也沒有放棄唱歌，不然現在的我，就不會從唱歌得到那麼多的自信、樂趣。妳就像個小勇士，幫我開啟歌唱的道路，不管路途有多艱難，妳都沒有放棄過，所以我也會幫妳繼續走完這條歌唱的道路，幫你圓一個歌手的夢！

作者
李承碩

大家好，我是李承碩，平時喜歡利用休閒時間運動、玩電腦。這次作文主要是在描寫以前的自己、成長的心情，希望大家會喜歡。

給十四歲的自己

我看過你，你在我深深的腦海裡，那年的你十四歲，而那年的你正面臨著足以改變後續人生的一個重大考驗，而無知的你，有認真的接受這考驗嗎？

我知道你的個性，你散漫、天生膽小，而這樣的你卻要面臨升學壓力，你是值得同情的，但那時候你正在做什麼呢？明明知道，也告誡自己要認真讀書，你上課依然不是睡覺，就是發呆。放學後，直接馳騁在球場上，一打球就到六點，打完球就是吃飯、回家、玩電腦，你的人生還真是輕鬆啊！

我想罵你，最起碼，你不應該在上課的時間睡覺；最起碼，回家少上網一點，讀一兩個小時的書，否則你每天都要到學校抄作業，多可悲！甚至，害我現在的英文如此爛，害得我第一次基測考差了。

你知道你有多麼可惡了吧！好險你還有補救，雖然有點來不及，不過我知道經過考驗的你已經有自知之明，你知道自己該做什麼，我更清楚，只要努力用心，你將成為一匹黑馬。

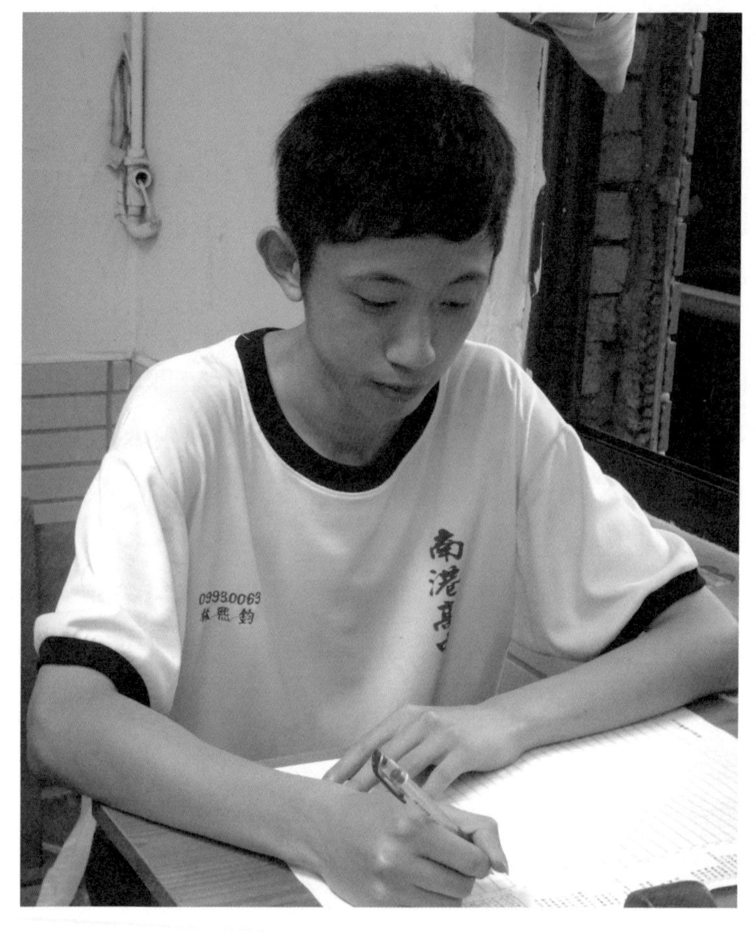

作者

林熙鈞

大家好，我是林熙鈞，平時的休閒娛樂是閱讀國外的翻譯文學，經常一整個下午就窩在房間裡看書，這篇作文寫出了我的經歷、成長的點滴，希望大家會喜歡。

給十五歲的自己

十五歲的你，當時多麼的狂妄，心中想著要稱霸港中，你覺得只是基測失利，不小心落到港中這田地，你的目標在更遠的地方，你的理想在更高的天空，你不肯向分數低頭，盼望未來拼到更好的大學。

日子一天天過去，理想也隨著時間消磨，一天天乾枯。你沉迷在玩樂世界中，一去不復返，你心中的「課業」、「社團」、「愛情」到頭來終究只是一場空，這三項必修的學分，你竟一科都未取得。高中這趟旅程彷彿空了一塊，而你一點也不珍惜，任憑時間從指縫中溜走。我必須告訴你，要保持理想，堅定信念，勿被玩樂荒廢了你未來的一生，十八歲的你會後悔這一切，到時只能望著天空，反省過去的所作所為，在夢中幻想著原有的高中生活。

或許你會恥笑我、臭罵我、鄙視我，但我仍舊得提醒你幾項你未來可能會犯的錯誤，第一、「不要去網咖」，就算跟你交情再好的朋友，找你一起去網咖，都必須要拒絕，網咖就好像惡魔、就好像毒品，會讓你一去再去，流連忘返，忘了回家的路在哪裡。第二、「上課要認真抄筆記」，要靠上課專心來彌補，否則你只會對你的成績失望。最後一點是「莫忘初衷」，這是我對十五歲的你最大的期許，也是最後的盼望，別忘記你現在對未知事物的好奇，對成績的要求，對朋友的熱情，以及對理想的追求！

出發吧！奔馳吧！朝著理想奮力一跳吧！

作者
梁文熊

大家好，我是南港高中307的梁文熊。我比較喜歡理科，選擇二類組。我的外型雖然看起來就像熊一樣，其實個性很溫和內向，對非常熟悉的朋友才會展現出我開朗和搞笑的特質，所以我對於陌生的環境很抗拒。這篇文章是我真情流露寫出的內心感受，希望你們有感覺！

給十六歲的自己

我們相遇了，十六歲的我，現在的我最想與你相見。這時，你才開始踏入了高中的新天地，或許你會感到新奇或是恐懼，但你就要在這裡度過三年的高中生活。暑假過後，你就要開始經歷高中生的第一步。

由於國中和高中的課程之間，有著難以跨越的壕溝，剛成為高中新生的你，放學後總是擺著苦臉，恐懼著明天或是下一次的考驗，會使你遭受多麼重大的挫折，甚至使你無法專心投入人際關係。最後讓這種假想出來的恐懼，加以聚結成為緊張、悲觀的個性。你曾經為了逃避考驗，請假了一段時間，使父母和師長擔心，經過你與輔導老師的談話後，你還是決定重新挑戰，面對考驗，但成績還是挽回不了。

在你適應了高中辛苦勞累的常態生活後，很高興你的成績開始起步，還能成為班上的前幾名。然而，我想對你說：這真的太遲了。逃避或許能躲過好幾個考驗，但你絕對要面對這一切的結果，因為你這時的成績表現使得我後來無法提早脫離苦海，甚至只能眼睜睜地看著同學們早一步成為大學新鮮人。不過，我也因此學到「遇到困難只能面對，逃避是絕對沒用的。」

或許你這一年會過得很辛苦，要面對各種波浪，但我希望你能夠克服，即使失敗了也沒關係，嘗試過了，心裡就不會感到後悔。我感激你，要不是有這些經歷，我也不會擁有如此堅毅的個性，所以我們互相勉勵，彼此陪伴，踏上人生的另一個階段。

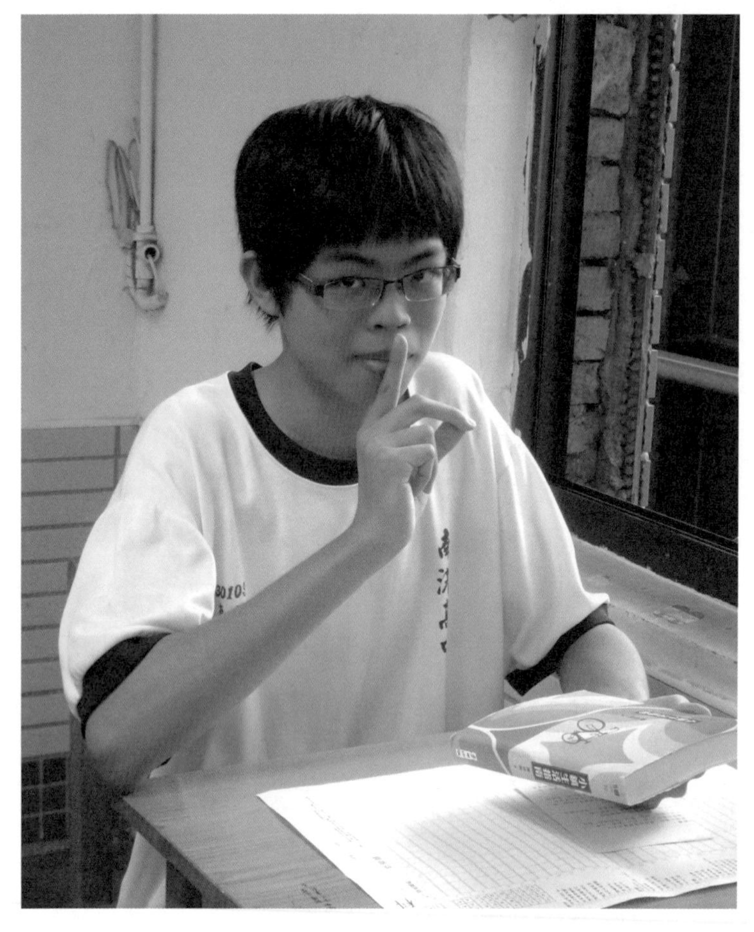

作者

連育晨

寫作，簡單來說就是把自己心裡想的事情用比較優美的話說出來。融合心裡最真誠的聲音與豐富的想像力加以修改，能打動人心或是使人耳目一新的，都算是一篇好文章！

長時間累積下來的隨手小記，已經幫助我逐漸愛上文學，所有事情的點點滴滴都可以成為我創作的泉源。

我想我已經喜歡上隨手記錄心情的習慣了，已無法回頭，縱使以後當不成作家也沒關係，只要能做自己喜歡的事，就是快樂的人生！

練　習

練習，讓我們從生疏到熟悉，從失敗到成功，從一無所知到茅塞頓開。這之間的過程免不了需要更多的練習，才能換來飽滿的成果。

小學正值活蹦亂跳的快樂階段，操場上湛藍的晴空，白色的小球飛過來、飛過去，大家都為了下個月的棒球錦鏢賽而努力，我卻張大嘴巴，枯坐在地上，只因為我是候補選手。當初加入球隊的目的就是希望能在球場上一展長才，與眾多高手互相競爭，親身體驗球賽帶給我的刺激感。

幻想似乎很遙遠，我還是會拿起球棒，到一旁練習著，明明沒有人督促，我還是獨自一人揮著球棒，開始了與風的對決。揮出的棒子給風施以正向力，而風以看不見的軀體回了我反作用力，汗水隨著揮動的次數增加，在我汗腺上匯聚成瀑布，從上而下，傾奔而出。跑道正呼喚我，要我給予他全身的肌肉放鬆，一圈，兩圈，三圈……，汗水透徹全身，心中的烏雲早已被洗滌成彩虹，肩膀的痠痛也因為水分的沐浴得到解脫。夕陽的光輝灑在紅綠相間的跑道上，我以大字形的姿勢躺在地上，周遭什麼人都沒有，就只有「練習」的成就感陪我入眠。

比賽當天，因為一場突發狀況，球員受傷，教練臨時調我上了夢想中的舞台，拿著球棒，站上打擊區，與投手四目相對。「我一定要打敗你！」決心賦予我勇氣，練習捐贈給我經驗。於是，大棒一揮！小白球像離我而去的候補名單一樣，再也回不來了，我高舉單手順著壘包邁開步伐，敵對的隊員也給我一個響亮的拍掌，我慢慢地跑進本壘，隊友手中提著小冰箱，順勢著往我臉上潑去，汗水與冰水相融，我嘗到勝利的喜悅，原來，是如此地甜美。

回想起來，那已是四年前的事了，太繁瑣的細節早已隨時光而淡忘，剩下的，只有練習貫徹我身體的感悟以及手心發熱的觸感。練習，你是我童年時代的翅膀，帶我飛過失意的深谷，謝謝你賦予我前進的動力。

作者
陳蓁儀

我總是喜歡用文字記錄自己走過的路，不願此生留下的是片斷的記憶和散亂的思路。花一點時間，將自己的人生寫進文章，而將文章任由時間發酵，當回頭盼望，走過的路程總是特別回味無窮。

最後再給自己一個寧靜的空間，沉醉在自己釀的文章酒中。

練　習

成功並非一蹴可幾，而須經過一再的練習。我認為，練習是一種磨練，也可從中淬鍊出真正的成功者。在練習中有人失敗而放棄，也有人更加確定方向，終嚐成功的甜美。

事情的精華在於過程。我從小學五年級開始學跆拳道，練習的過程，真叫人痛苦萬分！星期六下午的選手訓練，跑階梯、練擊破，四個小時就能把我操得精疲力盡。加入選手隊的隊員，都是經由教練挑選代表參加比賽的菁英，每位都是箇中高手，也都為了獎牌而努力。在練習中，互相勉勵不要輕言放棄，但一切的溫暖安慰都抵不過內心的掙扎：「好累！要不要休息一下了？」練習時，我總是專心地想得到些什麼，但有收穫的次數也不超過三次，使我不禁懷疑，我真的適合跆拳道嗎？在突破和自我懷疑中拉扯，最後我決定一步一步往前，不要只看獲得，不焦慮、不浮躁，只要練習慢慢來。

一步一步的練習，往回看，我的進步一步一步加快。

雖然對練時，一定會有人和我一起，但我認為，練習是一個人的事，我像顆拙劣的石頭，練習是鑿刀，將我慢慢鑿平，從原來的浮躁過動，到後來的沉穩冷靜，一次再一次地改變。技巧上，原本只會盲目地亂踢亂打，漸漸地，我學會靜觀他人再出手。這把鑿刀永遠不會鈍，但是一旦心先放棄，石頭還是石頭，再怎麼鑿，也只是徒勞無功，浪費時間罷了！

成功，不在於結果多華麗，如果一個人的成功，缺乏練習，也就缺乏了磨練，那成功對他來說也沒什麼意義了！但如果一個人失敗了，他練習時卻學到許多屬於他的成長，那麼他是成功的，只是成功在於他學會了磨練自己。

每一次的嘗試，都把自己當作一顆石頭，找一把鑿刀，把這顆石頭雕鑿得又亮又圓滑吧！

作者

張媛婷

開心的時候，就用美麗的色鉛筆將快樂的事描繪出來；難過的時候，就用單調的黑筆把傷心的原因記錄下來；而生氣的時候，就用鮮豔的紅筆將憤怒逐一發洩出來。寫作對於我來說，不僅是敘述生活的方式，更是我心靈的寄託。

練　習

俗話說：「失敗為成功之母。」因為歷經失敗，讓我們更能懂得如何改善自己的錯誤以及練習的方式，使未來可以避免更多的失敗。「練習」是「失敗」的剋星，只要有足夠的練習，失敗就不會找上門，而是「成功」來敲門。就像一句英文諺語：「Practice makes perfect。」

從幼稚園開始，鋼琴就成為我的好朋友，我無時無刻彈著它，不僅僅是為了娛樂，更是為了拿到鋼琴檢定證書。小時候沒有課業壓力，可以練琴的時間多的是，所以每一年的檢定我都以高分過關。到了國中，因為有了升高中的壓力，只好將練琴的時間騰出一些來讀書。以前成堆的音樂比賽獎狀和證書讓我覺得自己已經很強了，所以即使不練琴也可以照樣通過鋼琴檢定。有著這樣的想法，我抽出了更多的時間花在課業上，而檢定照樣報考，出乎我意料之外的是，我落榜了。

鋼琴檢定當天，原本充滿自信的我，在聽完其他考生的演奏後，倒退三步。天啊！他們怎麼都彈得那麼地無懈可擊！在四肢顫抖的情況下我走近鋼琴，坐了下來，開始我的演奏。彈到一半，腦筋一片空白，忘了接下來的音符，最後只好以即興演奏收場。事後拿到成績單，覺得自己可笑到了極點，以為自己真的那麼強，真的可以不需要太多的練習，即可展現完美的演出。傻子，我怎麼這樣傻！

透過這次的經驗，讓我了解到練習的重要。缺乏練習的我最後得到的就是失敗，但有了這次的失敗，我更清楚明白為什麼會有那句英語諺語的存在。之後，我恢復了從前的鬥志，努力地練琴。結果，在下一年的音樂比賽中，我得到的不是失敗，而是成功的「冠軍」！

作者
胡成昊

乾爽的風飄盪於迴廊
對我訴說著一種特別
在冷僻的角落　獨自
抒發故事不願他人理解的沉靜
抬頭面向北方　一線線雲朵牽起思緒
陽光射穿第七次的嘆息
我提筆

一字雲

「一字雲？那是什麼？」你曾經那樣問我。

那是我第一次帶你踏入那個角落，說穿了，就是學校最後一棟大樓四樓的某個不起眼的小角落，放學時我常常一個人待在那裡發呆，等到夕陽也下了課回家，那常常出現在天邊、連出一線的雲也曲終人散，再慢慢拾起散在一旁的心情，讓偶爾出現的微風陪我回家。

「放學了耶！走吧！去一字雲那邊。」

不知從什麼時候開始，放學和你一起進入那片天地已成了例行公事。有時會在那裡一起唱唱流行歌，有時會在那裡聊聊心事。昨天你告白失敗了，我安慰你：「天涯何處無芳草。」今天我考試考差了，你告訴我：「只要努力就好！」此刻，望向天空，好像連一直以來看慣了的一字雲，都有了不同的味道。

「我想，這可能是我們最後一次在這裡了吧……」看著那片一字雲沒有出現的天空，你背對著我說。

是啊！今天是畢業典禮了呢……！你畢業後因為爸媽的關係就要出國讀書，而我選擇離家最近的高中就讀，以後沒有什麼機會見面了吧！我轉頭望向天空，今天的一字雲，或許難過地躲在家，捨不得與你道別吧！

現在，回家的路上，還是會經過那棟大樓旁，我總會靠著一棵樹，挑個視野最好的角度，吹著微風，看著天空。

你一定也跟我同時仰望一字雲吧！

作者
左欣平

對我來說，生活就是我的文學，透過不同的體驗，或是觀察生活中的事件，都能激發我的靈感。感謝我生活周遭的人，給了我許多新奇的點子，以及不一樣的生活，也給了我這個機會，能夠藉著文字書寫自己的情感，謝謝！

風　景

橘色的夕照穿透層層雲海，灑落大地，悄悄地渲染著，火紅了半邊天空，這是風景；絢爛的極光在靜謐的夜空中閃耀著，在寒冷的夜輕輕敲醒我心頭，這是風景；綿綿的海浪輕拍著岸，細細密密，撫著沙灘，在日光映襯下，晴天的海，波光粼粼，這也是風景，但生命的風景更寬、更廣、更豐富。

我一直是較為內向的人，只要沒有人搭理我，可以整天呆坐在位子上默默地愣著。遇到朋友，交流兩三句話就開始臉紅，靜默直到尷尬，才各自走開。和不熟的人交談，更是支吾了半天，才迸出一兩句：「天氣還不錯！」的廢話，想溝通什麼，心都砰砰地跳，完全辭不達意，最後還是默默地愣著。

直到你的出現，不論我是否理睬你，你的言語都像機關槍、連珠砲似地發射，永遠不嫌無聊地一直不斷說著，好似跟我說話是天底下一大樂事，但其實從頭到尾都只有你一人滔滔不絕地說著，不停地說著，而我微笑，附和著你，一聲「嗯！」就能讓你像馬力充足的小汽車「咻！」的一聲衝了出去，繼續不停地說著。

還記得那天游泳完，我們漫步在午後的斜陽下，霞光溫柔的披在樹梢，暖風隔著衣服傳來，輕輕柔柔的，溫溫熱熱的，而你戛然停止了你的言論，沉默了一會兒，然後你問：「不累嗎？一直聽我說。」我笑了，這是你第一次停下來聽我回答，我說：「會啊！怎麼不累！可是聽你說話，我覺得很幸福。」你又沉默了許久，然後對我說：「要是時間可以停留在這一刻，多麼美好！」背著陽光，夕日的光輝在你的身旁形成了金黃的邊，在日光映照下的你，顯得溫柔。原來得到人生的知己，是這麼幸福的事情，可以默默地看著彼此，看你說話的神情，感受你波動的心情。當兩顆心熾熱的交會，流露著滿足喜悅的笑顏，是我見過最動人的風景，也是我見過最美的風景。

人生好美，有好多令人驚奇的風景等著我去發現、挖掘，我想把一頁頁的風景剪下來，一層一層地堆疊著，然後一張張釘在我的心牆上，當回憶的燈光一打，我便可以詠嘆：「啊！多麼美麗的風景啊！」

作者

高翊庭

曾經不明白寫作的樂趣，後來慢慢的在寫文章舉例時，總會回想一些往事，發現以前認為微不足道的事情，竟然都隱含著豐富的意義。寫文章能把屬於我的點滴都記錄下來，讓我更加敏銳、細膩！

最後我要感謝那些給我靈感的人，是你們讓我成長，謝謝！

風　景

看著天空，那原本厚得容不下一絲光線的烏雲瞬間散開，取而代之的是那烏雲背後的藍天，以及照耀著大地，給人無限力量的溫暖太陽，那是令人充滿希望的風景。

力克．胡哲一出生就沒有四肢，他所看的風景和我們一般人是不一樣的。他從小接受眾人異樣的眼光、身體上的許多挑戰，因為太過痛苦，也太過辛苦，使得他曾經放棄自己，想要自殺。後來在家人的陪伴與鼓勵之下，他克服了心中的恐懼，找到了生命的價值。除了努力完成大學課業，他用心體驗任何事情，游泳、踢足球，甚至是結婚，這些都是一般人認為他做不到的。此外，他從不吝嗇的和大家分享他生命的故事，舉辦上千場的演講，他想傳遞大家：「生命中的風景不盡然都是美麗的，但透過心態的調整，我們也能夠看到不一樣的風景。」

小時候我總埋怨父母沒有錢讓我學鋼琴、芭蕾舞等才藝，以至於我總是不如別人亮眼。但隨著年齡的增長，我才明白小時候所看到的風景和別人多麼的不同：青山綠水、純樸清新的大自然；逍遙自在、沒有壓力的快樂童年；緊密溫暖、時時相依的家庭親情⋯⋯。這些都蘊育了我開闊積極的視野，使得我的想法、見解較同齡的孩子更獨立而深刻。原來每一個風景都有它的意義，都有值得細細品讀的部分。感謝我的父母，給了我一個如此珍貴的童年，讓我欣賞不一樣的風景，開拓了不同的眼界。

事物會因心境的轉變而呈現不同的面貌，端看你賦予事情什麼樣的意義。遇到不如意的事，只要調整看事情的角度，就會發現原來自己是多麼的幸福，我們所看見的風景是多麼的美麗！

作者
潘亭云

文字，輕觸指尖，細膩如流水般源源不絕；感動，觸動心房，溫暖如冬日般絲絲滲入。寫作，是因為喜愛，是因為抒發。描述細膩，在文字的排列組合中，成了最動人的篇章。在文字的世界裡沐浴，好好享受每次的靈感吧！

比

「比較」在生活中，似乎和我們脫離不了關係。我們經常比較長輩疼愛誰？班上誰的成績最好？哪一家商店的貨品便宜等等……。大家從小就練就了一套「比較心理」。

還記得小時候的我，總愛和別人比較。有一次，幼稚園園長為了慶祝萬聖節的到來，舉辦了變裝比賽。聽到了消息的我，放學回家後，便急著拿了畫筆畫出想要裝扮的角色，再請媽媽把我打扮得漂漂亮亮的。那時候，媽媽把我扮成了聖誕紅，整個人穿得紅通通，戴著聖誕紅還是綠色的葉子帽，手上拿著魔法棒，迫不及待的，就開始和同學們比較誰的衣服美？誰的帽子好看？誰的配件比較有趣……。

開始走台步的時候，又比較著誰較有台風、有自信。直到園長準備宣布名次時，每個人炯亮的雙眸都直盯著台前，急切的想知道冠軍是誰？園長說了一句令我印象深刻的話：「小朋友們，雖然這是比賽，但是園長更高興的是：每個孩子們都盡心盡力完成了任務，所以大家都是冠軍。」當園長一宣布結果，大家高興得跳了起來，全場充滿歡呼聲。這時候，「比」好像就不是那麼重要了。

適當的比較，固然能增加自己上進的心，但是過程中的努力，及面對結果的態度，更能讓我們有所學習並且修正，在下一次的表現中更加出色。凡事不要只看比較的形式，重要的是內在的成長。只要你有心，相信一定可以成為自己專精領域之中的強手。

作者

洪上婷

文字，像是旅行，我彷彿能夠回到過去與古人促膝長談，或是與作家們心靈的交流。在唐詩裡，我與杜甫在草堂邊，暢談古今；在宋詞中，我與李清照在海棠花旁相遇，共乘舴艋舟。我看著眼前，笑著，無數次的旅行，在我心裡。

比

什麼是比？在運動場上使盡全身的力氣也要與別人爭鋒；什麼是比？比別人更加努力想要獲得甜美的結果。

青春是朵含苞待放的花朵，因為年少，所以好強。哪個年輕人不對未來充滿夢想？「就是不想輸！」這句話總是從許多成功的人口中說出。比較，可以是進步的泉源，也可以是策勵自己的良藥，但是良藥苦口，成功，是需要多少的淚水和汗水堆砌而成的？

如果努力過了，那就夠了！盡力做到最好，也就無愧於心了！成功者的後面，有多少人在流淚，如果只是一味地去做比較，那人生有什麼意思呢？每個人都是獨一無二的，平凡不等於不幸福，非凡也不等於幸福，自己的人生，唯有自己細細體會，嚐過酸甜苦辣，回首一看，就會發現自己已不是原來的自己，早已變得更好。

是的，人生有時需要比較，才能讓自己進步，但不等於全盤的否定自我的價值，有人一生與人比較，始終找不到自己的價值；也有人很快就發現了「比」的秘密。明白了「比」的秘密後，我的臉上時常流露著微笑，不論遇到甚麼困難，我都要做那個對的自己！

作者
黃玟諄

我的興趣是閱讀與寫作。我的文章雖然沒有華美的字句，但都是最真的情感。對我而言，寫作文就像說故事，如何帶給讀者感動才是最重要的，所以希望我的作品也能帶給讀者幾分感動。

我的秘密花園

不管是快樂或者失意，思緒煩亂的時候，那個秘密花園總是帶給我內心平靜、溫暖的安慰，與知心的陪伴。

有一次段考成績不理想，對自己灰心到極點，一個人走在大街上，即使是再炎熱的天氣，也無法融化冰凍般的傷寒心靈。

這時，走進咖啡廳，一切似乎與外界隔離，吵雜的聲音消失了，流入耳朵的是輕柔的音樂，炙熱耀眼的陽光沒有了，換來的是溫暖柔和的燈光。坐進角落的位置，點了一杯咖啡，拿出一本書，對我來說，沒有比這更能安慰、平復心靈了。咖啡香味淡淡瀰漫，破碎的心隨著閱讀、音樂，彷彿又被拼湊了起來，即使沒有做任何事，靜靜的看著窗外，看著人們、車子經過，雖然看似乏味，對我來說卻是修復心情的絕佳方式，如毛球的雜亂思緒，一根一根的解開，我似乎又找回了方向。

在咖啡廳不僅可以使自己面對問題，看到內心最深處的答案，更可以充電能量，再度出發。慢慢的喝著咖啡，度過一個悠閒的下午，步出咖啡廳，因為心情愉快了、舒服了，原本沉重的步伐也變得輕快了，人生也會覺得好輕盈、自在。謝謝咖啡廳給我獨處的時刻，謝謝它成為我知心的陪伴，帶我走過許多時光。

我的秘密花園對我來說就像遠離世俗的世外桃源，在我心中是自由、快樂的象徵，永遠佔著一分重要且特別的地位。

作者

林芷安

從小時候的日記，到長大後的作文，在每一篇作品中我發現了文字的力量，甚至感受到了文字的情緒，或許我不擅長用說話的方式表達自己，但寫作卻能徜徉其中，感受文字帶給我的快樂。

我的祕密花園

我很喜歡畫圖，所以空白的畫紙成為了我的祕密花園。

有時候，祕密花園被創造在一張正式的圖畫紙上，有時會座落於一張通知單的背面，有時它會悄悄地出現在課本的空白處。它會因為處在不同的地點，而具有不同大小的規模，所以我的祕密花園是豐富多變的。

我就像是花園裡的園丁，時常為它添上不一樣的花朵。開心的時候，我會拿出各式各樣的顏料將花園變得五彩繽紛，彩繪幾隻蝴蝶、蜜蜂及小動物們，使花園更加熱鬧，我把所有的興奮喜悅傳送到花園，讓這座花園變成了收藏美滿快樂的祕密寶庫。

當然園丁也有心情低盪的時候，這時的花園，不再是百花盛開、鳥語花香，變得像冬天一樣寒冷，灰厚的雲層籠罩天空，到處都充斥著沉悶與死寂，彷彿有凜冽的北風呼呼的吹，遠處傳來了山禽走獸的悲吼。這時我把所有煩悶、悲傷的情緒都塞進了祕密花園，讓自己盡情宣洩、徹底哭泣。祕密花園是我安心面對內在、流露心情的最佳地方。

一座座的花園被打造出來，每當我重新回到那已完成的花園中，便會充滿不一樣的感覺、靈思，我將每一座建在紙上的祕密花園小心地保存在檔案夾，等待下一次想重拾美好的時光，再將它拿出來慢慢回味。

作者

王若懿

隨性、不拘小節、直率，你可以用這些詞形容我。從不立志減肥，從不在意朋友說我頭大，因為我很自在。常常可以在籃球場上看到我的身影，常常可以在校園裡聽到我開朗的笑聲，再多的言詞都無法形容特別的我，我就是這樣的人。

自勝者強

「自勝者強」是指真正的強者，並不在於贏過別人，而在於戰勝自己。

我曾經看過一部電影，內容是在描述一個女孩從小在同為衝浪好手的父母耳濡目染下，也與哥哥們一同成為前景倍受矚目的衝浪選手。然而就在某一次練習衝浪時，來到危險的廣大海域，遭到鯊魚咬斷一隻手臂，她雖然冷靜救回自己一命，卻救不回自己的手臂。

普通人失去一隻手臂就痛苦萬分，何況是一位前途光明的衝浪手，姑且不論衝浪選手這個部分，她是個花樣年華的少女，肢體上的殘缺，讓她從此不相信會有人喜歡她。雖然她對衝浪的熱愛使她回到大海，但失去一隻手臂，對於衝浪最重要的平衡感造成巨大的阻礙；在復出後第一場比賽，她遭遇了前所未有的挫敗。

於是，她放棄衝浪，加入了國際救援義工隊，來到了剛剛發生海嘯災難的——泰國。幫助同樣對大海有傷口、失去家園的泰國小孩，重新回到大海游泳時，她感受到了自己不同的成長，找回了對衝浪的熱情。她重新振作，回國後加緊練習，改良衝浪板，找出自己的缺失。雖然她在後來的全國大賽只得第五名，但她在時間結束時征服了一道驚人的巨浪，即使裁判沒有採記這道浪，但她的對手卻心服口服。

電影的最後，一名記者問她：「如果可以選擇，當時你還會去那危險的海域練習嗎？」她回答：「我不再去想如果當初沒有發生的問題，因為這樣我就沒辦法站在你的面前。我知道的是，現在用一隻手去擁抱的人，比我擁有兩隻手時擁抱的還多。」這個女孩超越自己的極限，戰勝自己的弱點，是真正勇敢且令人佩服的強者。

人的一生，會發生許多意想不到的事，不要自怨自艾，戰勝自己的弱點，超越自己的極限，才是真正的「自勝者強」。

作者
呂婕安

我喜歡寫作，喜歡把自己的感情投入文章，感染別人。也喜愛閱讀，享受從文字裡找到意義與感動的時刻。希望我的文章，能讓他人貼近我的生活，並且從中感受樂觀向上的心情。感謝那些出現在我生命中的人、事、物，使我有機會寫出自己的故事。

自勝者強

人有可能活到最後，發現自己一生都是在跟別人比，甚至沒有體會過自我滿足的感覺，又是盲目的競爭。但是，如果沒有好好的正視過自己的弱點，你又怎麼能算贏呢？

「就算今天贏了，明天又會如何？你是否真的感到快樂？」這是IO樂團的一首歌──〈真實〉中的一段歌詞，它讓我想起了在吉他社的回憶。一進入高中，就參加吉他社，往往手裡抱著一把吉他，彈著最簡單的幾個和弦，就可以雀躍一整天。看著別人瀟灑地自彈自唱，總想著有一天我也可以那麼帥氣！所以每天都很認真練習。然而，資質和天賦的差別逐漸在下學期顯現出來，別人跨出的一大步，我要用幾倍的努力去追。想進步的心被別人趕著跑，今天被刺激了一下，就瘋狂地練，贏了今天，明天又回到原點，我的眼睛始終關注和別人的差距，所以也只能看到自己的不足，結果是不斷地批判自己……。

當上學姐後，更加鞭策自己一定要超越學弟妹，才能成為大家服氣的幹部。直到某一天，一位學妹心事重重問我：「學姐，我擔心自己吉他彈得很差，不能擔任幹部！我覺得自己已經很努力，卻往往比不上別人。」我對她說：「為什麼要跟別人比呢？你有屬於你的步調啊！我在你身上看到了認真而且負責任的精神。雖然吉他技法還不純熟，但是你比別人更加努力，最重要的是你能享受彈吉他的樂趣，看你彈吉他的表情，有一種魅力，這就是你獨一無二的特色。不要去想未來還沒發生的事，把握當下，展現潛力，就是最棒的自己。」

說完話我才驚覺這些話好像是在對自己說，安慰別人可以那麼坦率，為什麼對象換成自己，就看不透，陷溺其中。於是我站穩腳步，重新檢視自己，如果吉他技巧不行，那我就慢慢來；既然我是因為擁有美宣的特長而擔任幹部，那我就盡好自己的本分，慢慢琢磨自己的能力，因為我相信：只要努力，總會有發光發亮的時刻。

看清自己的不足，也會找到另一項優點。「自勝者強」，唯有懂得跟自己相處，活出自己的節奏、亮度，你才是真的贏了！

作者
馮之彥

　　我喜歡閱讀，更喜歡寫作，徜徉在文字之間，總讓我充滿一種活力，想記錄春夏秋冬，想寫下美好的人生！

換個角度看世界

山不轉路轉，路不轉人轉，人不轉心轉，俗話說：「人生不如意，十之八九。」人生就像洋流，有時靜，有時動，有時沉，有時浮，就算一個人再怎麼聰穎，未來還是披著一頭面紗，令人摸不著、猜不透。

我們不能期待未來的道路都走得四平八穩，但我們可以在面對困難時，給自己另一條路、另一個想法、另一個角度，重新審視它，也許就能開展新的人生觀，在原來的道路上，又出現另一條通往未來的大道。

唐宋古文八大家之一的柳宗元，因為參與政治革新失敗，被貶永州，在心情惴慄憂憤之際，登上西山，從上而下，俯視「岈然洼然、若垤若穴」的情景。頓時，他心胸豁然開朗，深刻感受到西山壯闊雄偉的挺拔，也覺察到自己不必像朝中群臣，汲汲追求官位名利，而可以成就屬於自己的人生高度。藉著這次登上西山，轉換自己因仕途不順的憂悶困頓，看到了自己其他方面的潛能，而能夠「引觴滿酌，頹然就醉，不知日之入」的暢遊於山水之間，也因為他能換個角度來看待他的處境，才會有〈始得西山宴遊記〉如此的佳作。

高一的時候，我最沒有信心的科目是「數學」，它是我心中恐怖的怪獸，就像傳說中的猛獸饕餮，把我的分數、信心全部都吞噬。直到有一天，我拿出慘不忍睹的考卷，重新審視，才發現數學試題並不可怕，它們只是想告訴我，這些都是我不熟練的題目，希望我學會面對問題、用心解決，就會發現數學不是怪獸，而是可以使我功課變好的最佳利器。因為換個角度看待數學，讓我發現數學背後有著珍貴的禮物，不再一味的逃避後，面對數學，心變得輕鬆多了，數學也變得有趣多了。

這一次讓我得到寶貴的體驗，當我們看待一件事物時，不能只抱著單一的角度，應該試著變化角度，站在不一樣的立場觀察，或許在這片山窮水盡的背後，是另一個讓人驚豔、流連忘返的世外桃源呢！

作者

謝涵羽

喜愛天馬行空，寫作、塗鴉是我最大的興趣。另外也很喜歡閱讀，任何類型的小說、詩詞都喜歡，尤其是古典文學，晚唐李商隱、南唐李煜的作品，總讓我在時間的長河裡，不斷沉浸……。我總覺得閱讀和寫作，是人世間最美的交流。

背　影

我不喜歡說再見，總覺得在每一個道別轉身之後，會失去些什麼。或許看著一個又一個逐漸消失在我眼簾的背影，腦中那怎麼也無法轉換頻道的離別曲，會讓我不由自主就掉進感傷的深淵……。

還記得三年前基測放榜之後，正式確認自己和最知心的朋友不能再當同學了，說不難過是騙人的，不捨的感情從看到榜單那一刻起，便一直盤繞在心頭揮之不去。我不知道她是否和我有同樣的心情，只知道當天我帶著無比複雜的情緒，陪著她參訪了我們未來各自的新學校。

一路上我們天南地北的聊著，偶爾對未來的新學校戲謔的評論，就是不曾提起即將分離的心境。直到回家的路上，仍然沒有聽見她的心情，只聽到她帶著笑意，一往如常的再見，看著即將轉身離去的她，忽然感到心酸，正打算再多回味一下這最後一次的放學同行，只聽見她說：「大學再當同學吧！」

我才明白她跟我的想法一樣，甚至比我想的還深遠，這時我再看她的背影，突然覺得多了一絲堅定，我明白她是用不同的方式暗示我：現在留給彼此的背影，並非就此分道揚鑣，而是為了激勵彼此，對自己的目標更加勇敢的前進、奮鬥！她讓我明白：分離並不是一件悲傷的事，也可以用不同的積極態度面對，這一次轉身的背影，不是分別，而是為了再次相見的重要約定，是為了見証彼此認真追求人生目標的美麗期待！

她曾經說過，對我們的未來有很多憧憬：也許是同學，也許是室友，也許一起飛往世界各地……。每次腦海裡只要回盪她說過的話，再想起離別一刻她的背影時，我已不感到酸楚，甚至心中會產生一股動力，我知道那是她在勉勵我，要不斷地前進！前進！前進……！

作者
林庭伃

每一個人的背後都有一段別人不知道的故事。寫作就好像為自己拍一部電影，讓自己成為一位導演，紀錄生命的每一個時刻。

傾　訴

親愛的爸爸、媽媽：

我的記憶中依然有著爸爸牽我的小手、媽媽牽著弟弟的小手的畫面；我的記憶中依然有著假日裡，爸爸開著車帶著全家出遊的畫面；我的記憶中依然有著媽媽煮了一桌好菜，餐桌上全家有說有笑地消除一整天的疲憊。我懷念著充滿溫馨快樂的家庭……。

你們大吵的那一晚，我和弟弟躲在樓梯旁哭，弟弟不斷地問我：「為什麼你們要吵架？」你們吵得太激烈所以沒有注意到我們，那時，僅僅七歲的我已經明白「離婚」兩個字的意義。

後來，雖然爸爸不告訴我們事實，一直說媽媽是和朋友出國工作，然而家裡的氣氛變調是沒辦法遮掩的，我和弟弟心中都知道媽媽或許不會再回來了。

現在十八歲的我好想對你們說：我的內心是多麼渴望有個美滿的家庭。在這十年裡，我曾經和我的老師、朋友抱怨我的家庭，我甚至怨恨上帝給我這樣的父母，可是，其實我的內心非常羨慕同學們說起他們全家到哪裡出遊、發生的點滴趣事；我的內心非常羨慕逛街時，可以拉著父母的手要求買玩具的小朋友；我的內心甚至羨慕著寫基本資料時，可以把父母的名字都寫上去的人。

我愛你們、愛這個家，真希望有那麼一天我們可以再次團聚，實現一起遊賞、一起談天的夢想。

作者

陳韻庭

我不擅長寫文章，但是每篇作文我都用心盡力完成它，因此，每篇文章都是我的無價之寶。

陪我度過撞牆期的朋友

冷冷的風朝我襲來，一絲一絲竄進我的心底，寒意不禁讓我打顫，熟悉的鈴聲響起，猛然瞥見你的名字出現在畫面裡，那段和你的回憶，像海浪一樣，一陣一陣像我衝擊而來，把我捲入回憶的漩渦裡。

我對於自己的成績要求嚴格，時常為了不能達到標準而難過自責，也因為自己的嚴厲，那沉重的壓力一層一層的堆積在肩上，把我壓入無法見到光明的地牢，任憑我哭泣吶喊，依然逃脫不了那一層一層包圍我的高牆，無奈我不斷撞擊它，試圖想摧毀它，卻徒然無功，只能臣服它之下。直到她的出現改變了這一切！

那天，段考成績單發了下來，我依舊為了沒有達到自己的目標而懊惱，再次撞上心裡的牆，而她出現了，她輕輕拍拍我的肩，對我說：「不要把自己逼這麼緊，想想自己為什麼讀書，不要只想著成績，因為你還有其他的高度可以追求。」她的話如同一道溫暖的陽光灑下，照進我陰暗的心房，照亮了我灰色消極的視角，那巨大的高牆彷彿裂了一小縫，我的天地開始轉動。她的話鼓勵了我，讓我更有勇氣衝破那道高牆，走向那高牆外的世界！

之後，我想起了讀書的初衷，是為了學習更多、為了體驗更多，想要豐富自己、充實自己，而不只是為了成績。我終於明白束縛我的不是高牆，而是自己，當意識到自己可以決定眼界多寬多廣，心裡的那座高牆也就瓦解了。讓我找回自己，發現自己力量的正是我的好朋友。我衷心的謝謝她，如果沒有她，或許我無法擊破自己的撞牆期！

作者
王士田

我是王士田！港中三年，倏忽即逝，回想起這三年來的種種，心中除了感激，也充滿著喜悅。很高興能夠入選港中年度文選，希望未來無論身在何處，都能夠有提筆書寫的熱情，並且能夠繼續朝著這條路走下去。

那人在跳舞

音樂飄揚，一群年輕的身體隨著節奏舞動了起來，順著音樂節奏，一個個完美的動作銜接、躍動。看著那人跳舞，我的心也隨之舞動起來。他的身體律動帶給人們怎樣的震撼，我不清楚，但他的確真真實實地感動了我……。

第一次看到他跳舞，是偶然的一次放學後，我看到他一個人在角落帶著耳機，試圖配合音樂節拍舞出律動，卻徒勞無功，但是他並未放棄，一開始雖然抱著看戲的心情欣賞他練舞，但漸漸的我可以感覺他的舞蹈裡似乎蘊含著一些意義。

從此放學後我都刻意經過，想要看看他練舞的姿態，不知不覺這已成為我生活中的一部分。雖然他並不像其他的社員跳的那麼好，但我看他的舞姿是那樣獨特、昂然！我的眼光被他深深吸引。他總是一個人待在角落練習，而我也會選個好的「觀賞點」欣賞，不去影響他。常常，看著他自己帶著耳機，跳著、笑著、揮灑著，心情也跟著飛揚起來，煩惱的事頓時煙消雲散，他對舞蹈的熱情就是有著這樣的魔力呢！周末，他也會到公園附近練舞，而他自己練習時流露出來的那種喜悅滿足，似乎真的有種力量能夠帶給人們希望，讓我常常駐足，不捨離去。

又是一次的活動，他私下的練習開始展現成果了，看著他在舞台上跳著，臉上的神采越來越亮，舞步愈加純熟，其他的社員似乎也發覺到他進步了，跳起舞是更加的賣力，而在台下看著的我，深深的被感動。音樂、舞蹈的結合，加上他長時間持續的努力，展現出豐沛、旺盛的生命力，為表演增添了許多色彩。

又過了一段時間，某天放學經過時，他已不在角落了……啊！我這時才想起，他已不再是個無名小卒，而是帶領大夥的社長了，我莞爾一笑，看著角落，那人在跳舞，那曾經的光景強烈地震撼著我的內心。

作者

蔡宜珊

一個文字是一個音符，我用音符演奏我的生命旋律。

一篇文章是一幅圖畫，我用圖畫表達出我的世界。

我喜歡寫文章，喜歡用一個個音符繪出一幅幅美麗的風景。

溫　暖

那一年基測，天氣特別寒冷，漫漫長夜，淚水浸溼了彷彿永遠讀不完的課本，獨坐窗前，面對大大小小的考試成績感到挫敗不已，不知如何面對第二天的陽光。

露水更重，我卻一刻也不敢鬆懈，緊挨著書桌，各科參考書圍繞堆疊眼前，我獨自一人奮戰著。想起了近幾次的模考，偏差的成績，我不知道自己能否考上理想的高中？也不知道自己的未來該朝哪個方向前進？心煩意亂，好想拋下這一切，到一個沒有考試、沒有比較的世界。好想躲進溫暖的被窩，什麼都不想，放心地睡個安穩，好想讓自己的心平靜滿足，不再這麼懼怕、不安……。

寒冷的風不時吹來，陣陣的寒意使我不禁打顫，穿上外套，裹上毯子，冷還是從腳底湧上，直竄心裡……。此時，媽媽端著一碗麵走了進來，有點驚訝，有點不知所措，這樣深的寒夜，媽媽竟然還沒睡，還幫我煮了碗麵，一種莫名的情緒在我體內炸開，炸暈了我的視線。

媽媽走了進來，將麵放在我的桌上，拍拍我的肩膀告訴我：「只要盡力就可以了，無論你選擇哪一條路，爸爸媽媽會永遠支持你，不要太累了，早點休息。」看到媽媽疲憊凹陷的面容，深怕自己眼眶的淚流下來，趕緊低下頭，從心底湧上的感動使我酸了鼻，麵的香味在我身邊暈成一灘光圈，蔓延成一股愛的潮水不停向我包圍，我雙手顫抖著拿起筷子，吃進媽媽的愛與用心，一股暖意從胃裏流散全身，一口一口的熱湯不費吹灰之力就將寒風趕跑，也順勢地將這幾個禮拜的緊張壓力一併帶走。原來我並不孤獨，我的背後一直都有著強大的力量守候。一抹發自內心的滿足在我身體上下不斷擴張，化成了堅強和毅力，使我有勇氣再次面對接下來的考驗，吃再多的苦，也覺得是甜的，再多的打擊，我也不會放棄。

謝謝媽媽，在寒冷的冬夜，為我驅走了寒意。謝謝媽媽，在我灰心失意時，給我強大的暖流，使我充滿力量，繼續前進。溫暖，是發自內心一點一點不斷地擴張的幸福感，會湧現出無數的勇氣與能量，而溫暖的源頭，卻是來自於人與人之間最真心的關懷和祝福。

作者

謝曜棕

小時候，很羨慕能寫出好文章的人。漸漸地，踏在一本又一本書本砌成的知識階梯上，我開始用我的手、我的筆，去述說想說的故事。我一直深信一個理念：好文章來自閱歷和閱讀，而閱歷和閱讀就像是美酒，只要時間長，只要數量多，人們就算不了解酒，也可以感受得到那一份沉在甕底的魅力。而我的文章也正是從此而來，把寫出的文字當作是訴說的話語，認真寫下每一個字，這就是我寫文章的態度。

讓

如果今天有兩個人同時走上了獨木橋，只容一個人通過，那勢必有一人必須向後退一步，禮讓另一個人先過。若雙方拒絕忍讓那一點被犧牲的時間，換來的就是永無止盡的僵持和毫無意義的爭吵。這是一個極為簡單卻又無比現實的例子，它呈現了一個極其常見卻又難以做到的事情：讓。

生活之中，多一分禮讓，便少去了無數的爭吵；馬路上，多一分禮讓，便使警察少一分辛勞；公司職場，多一分讓，和主管之間或和同事之間就多了一分和諧；家庭之中，多一分讓，夫妻或家長與孩子之間就多一點溫馨。

讓，也是一種智慧。蕭伯納，一位大文豪，有一天走在路上遇見了死對頭，死對頭為了羞辱他，便說道：「我不給笨蛋讓路。」而蕭伯納則思考片刻之後，說：「但我正好相反。」便退到一旁。一個動作，卻能巧妙反擊他人，這種智慧，也是「讓」的另一面。

把別人存放在心中，為他人著想，事情就能巧妙化解。「讓」雖然不是法律，但卻是衡量我們自身修養和智慧最好的一把尺。

作者

蘇婉儀

　　胸無大志，極度懶散。常常希望能睡到自然醒，或是到無人島發呆一整天。夢想賺一大筆錢之後就隱居，在山間蓋一棟別墅，裡面塞滿了書，過著在書堆裡滾來滾去的幸福生活。

讓

我至今還記得小時候的一件事情。

媽媽的朋友帶著孩子到家裡作客，大人聊天時，小孩子就理所當然的玩在一起。我熱情地拿出我的玩具，一開始他玩得很開心，但不一會兒卻忽然變了臉色，大聲尖叫哭鬧了起來，抓起我心愛的小車子往地上重摔，我既驚訝又生氣，也忍不住哭了。

聽到動靜的媽媽和那位阿姨於是趕快前來安撫，阿姨不停地向媽媽道歉，我也指著闖禍的男孩哭訴他的罪狀。然而媽媽只說：「妳要讓著哥哥。」我聽了更加不平，於是哭得更加響亮了。阿姨走後，媽媽嚴肅地說：「他有精神障礙，不能控制自己的情緒。所以媽媽才叫妳不要鬧，難道我們要因為這種事，跟這麼辛苦的人斤斤計較嗎？」

這件事對我有很大的影響。以前我總以為只要事情合理，就可以肆無忌憚的指責對方，那件事情之後，我會思考別人是不是有苦衷，以避免無意中傷到別人，再進一步，如果對方真的有錯，我也會盡量忍讓，使事情還有轉圜的餘地。畢竟人是社會性的，我們只有彼此寬容和諧，才能對整個群體有所助益，世界才會呈現祥和與希望。

作者

林允逸

人生中會遇到各種事，有些令人欣喜若狂，有些則令人痛哭流涕。一支筆有著無限的力量，可以將快樂的事繪成一幅美麗的風景畫——細細品味，將傷心難過的事築成一座穩固的堡壘——修復心靈，寫作讓我拓展生命的廣度，獲得情緒的釋放。

如果當時…

人們往往被教育著要朝向光明的未來、展望未來，卻鮮少有人能夠記取過去的教訓，不再重蹈覆轍。我們或許會檢討錯誤，但不一定會改正，這就是為什麼總是活在後悔中。如果可以改變過去，那麼我的人生是否就會變得不一樣呢？

國中是大家擁有美好回憶的重要階段，但是我的國中一、二年級卻過得很糜爛，上課和下課的分別，只在於能不能離開座位及教室，不懂分配時間，所有時間都用來玩樂和睡覺，放學就是和朋友出去，回家也不讀書，就這樣持續了兩年。

國中三年級，每天除了學習新的課程內容，還要花費數倍的時間和心力將前面兩年荒廢的學業補回來，又累又緊張的情況下，終於生了一場大病，發燒到三十九度，請了一個多禮拜的假，接著住了兩次醫院，再加上禁食兩天的折磨，讓我後悔不已，自己怎麼可以把自己害得這麼慘！於是我決定好好利用剩餘不多的時間，做最有效率的複習和預習。

「人生不如意十之八九」這句話，在這三年之中我徹徹底底地體會，除了前兩年課業的荒廢，導致我失去了免試升學的資格，更在我考完北北基聯測之後，又給了我重重的一擊。身為完全中學的學生有著比一般學生更大的升學優勢，也就是可以直升高中，但我卻因為在校成績未達標準而失去了直升的資格，我明白這一切的不如意，都是我自己造成的。

經過這一切，我得到了很多的感觸和啟示。努力，是為了成就未來；成功，是汗水累積成的結晶。如果當時我能把握當下的每分每秒，盡最大的努力、善用時間，面對未來的種種就能從容不迫地解決，也不會製造出永遠無法銷毀的悔恨。

現在回想起來，覺得當時的自己真的太愚蠢了，同樣的時間，為什麼有人可以考上前三志願，有人卻只能考上後段學校，除了習慣，想法可造就一個人，卻也可以毀滅一個人。

我最想做的是修築過去並且建造未來，既然無法改變過去，我就只好創建、打造美好的未來，並且在通往未來的路上，設置以過去為戒的警示標語，避免自己再次走上無法回頭的路。

作者

黃鈺棋

將書本放置在頭上，意味著書不只是「讀」，而是要活用，有時將書本知識的侷限拋諸腦後，更能激發出創新的點子呢！因此我更加期許自己讀書要讀得通、讀得活，即使遇到自己不擅長的科目仍要努力，而且絕不放棄。

如果當時…

歐洲中古初期，人稱黑暗時期。當時的西羅馬被文化較低的日耳曼民族所滅。各地小邦林立，人們居處在自身的莊園自給自足，僅僅只有日常生活用品的交換，經濟幾乎呈現停滯狀態，人們看似富足，事實上卻是苦不堪言。

各族群互相搶奪食物、牛、羊等寶物，在邊境地區更是有許多貧苦飢餓的窮人，逼不得已只好過著又偷又搶的生活。身為大邦的首長，我亞歷山大實在不樂見人民如此苦不堪言，於是決定站出來，改善大家的生活。

由於擔任大邦的首長，平時和其他小邦往來密切，擅長結交友邦，極少得罪盟國，因此當我提出「統一貨馬」，由一匹馬為標準單位，制定一連串的換算標準時，家臣雖然不解其中用意，但還是回去交代人民依循了！純樸的人民依照著這套標準實行，又加上我多設置了許多教育中心，和養馬種田、預防天災水患的訓練中心，人民生活漸漸富足，人和人之間互動日益頻繁，莊園制度也慢慢衰退了。人民改住小木屋而習慣在歐洲西南岸（西、葡）聚會、交易，日子是如此美好。

然而，好景不常，塞爾柱土耳其人覬覦我們的富足，常常入侵騷擾、搶馬、破壞建築，甚至射殺了數千人，人民驚恐無措，惶惶不安。原本決議要發動十字軍東征，但我卻率先帶領軍隊一舉打敗了土耳其人。

沒有所謂的十字軍東征，也意味沒有後來的文化交流，火藥、羅盤不能西傳！糟了！沒有羅盤就沒有十五、十六世紀的地理大發現，沒有火藥就不能製造武器，此時，我才驚覺我又製造了另一個黑暗時期……。

作者

黃品誠

我的興趣是看書和寫作，寫作時自然將以前看到、想像到的感覺寫進了文章，如同蘇轍所云：「文者氣之所形」，所謂「氣」我認為是指內心的感覺及深度，文章所反映出來的就是我們的內心世界吧！

如果當時…

「蔣委員長為何還不下令抗日！日本都已經欺壓到我們頭上了！卻還在這悠閒的打自己人，共產黨也是中國人啊！這分明只是為了滿足自己的權力慾罷了！」民國二十五年的一天夜裡，在西安城內一間小屋中，一位青年將軍氣憤的發出怨言，他，就是擔任東北軍總司令，人稱少帥的張學良。

「虎城，你想想咱們東北同胞被日本鬼子這樣欺凌，這豈不是欺負中國無人嗎？」少帥憤憤地向坐在旁邊的東北將領抱怨道，那被稱作虎城的將領道：「少帥，咱們大帥當年也是被日本人炸死的，這蔣委員長顯然是跟鬼子有什麼勾結，否則怎麼會一直忍氣吞聲？這樣吧！明天委員長會來西安巡視，不如我們將他關起來，在他答應聯共抗日前都不放他走如何？有沒有這個膽？」少帥年輕氣盛，個性直率，大聲的說：「哪有什麼不敢？咱兒定要讓委員長見識見識東北人的氣魄！」「少帥！萬萬不可啊！」少帥和虎城兩人抬頭一看，只見開著的大門旁跪著一名小兵，高聲喊道：「如果你劫持了蔣委員長，東北軍所有軍士將大難臨頭啊！」

西元二零一二年，從小就熱愛機械的我，閒來無事就喜歡組裝、拆解機器，對我而言，機器就像一個個寶庫，了解其結構就像挖取寶藏一樣，樂趣無窮。

這天，父親買了一台新電腦給我，一回到家，我迫不及待的想看看裡面構造，便把自己關入房間開始「分解」主機，打開鋼板，哇！好多精細的電路阿！這是CPU，這是記憶體，那是……「咦？

這是什麼？」位於記憶體旁有一個很像計算機的東西，雖然也是卡在主機板上，卻因有按鍵、有螢幕顯得格格不入，我輕輕將它從主機板上拆下，它那小螢幕立刻發出綠光，隨即顯出四個空格，我定神一看，按鍵上似乎都寫著數字，整個看起來很像手機，我不禁笑了一下，難不成是電腦作業員把自己手機誤裝進來？我又看了看螢幕，隨手按下「一一九、三、六」，突然我感覺一陣天旋地轉，接著不斷往下墜落，不久摔在地上，我才定了定神，竟發現自己不知何時，已換成一身軍服，身處在一間陌生的小屋旁，大門開著，聽到一人在大發脾氣……。

「你是什麼人！」少帥喝道，小兵仍不起身，回道：「小人是東北軍一名帳前小卒，賤名不足掛齒，只是少帥您想想，如果明日您真的劫持了委員長，就算他不得不答應抗日，對東北軍必定懷恨在心，就算抗日期間他有賴東北軍力不敢報仇，抗日結束後呢？蔣委員長必不會善罷甘休的，這是一害；如果因此讓共產黨壯大，您曾將他們打得落荒而逃，他們又豈不會反過來對東北人復仇？此為第二害。共產勢力如果壯大，將國民黨擊敗而竊居我中華江山，您和東北軍豈不成為千古罪人？此為第三害，此三大害，東北軍豈不正是大禍臨頭？請您繼續忍耐，先將共產黨殲滅吧！」少帥本非笨人，只是一時血氣方剛，聽了這話如夢初醒，頓時打消了劫持委員長的計畫。

又過了一年，共產黨在東北軍圍攻下潰散敗亡，中國分裂的情況正式畫下句點，蔣委員長見時機成熟，正式對日宣戰，經過艱苦的八年抗戰後，中國終於再次恢復了統一。

那小兵見少帥如夢初醒，知道大事已成，便悄悄退了出去。在月光下，看著手上的小機器，「接下來，要去改變哪一個時空的遺憾呢？」

作者

陳怡珊

不擔心缺少什麼，只知道追求什麼，不讓我的夢想被世界顛倒，眼淚是顏料，笑容當畫筆，我的青春期，是個藝術品。

別人說我瘋癲，我偏要說那是顛峰。

如果當時…

三國時代，群雄稱霸，戰火連天，各路好手爭得你死我活，只不過為了在中原這片廣大土地中，取得一席之地罷了，而劉備、曹操、孫權更是其中的佼佼者。

赤壁之戰是歷史上「以少勝多」的著名戰爭之一，也是三國時期三大戰役中最廣為人知的一場戰役。西元二百零八年，控制北方的曹操率軍南下荊州，佔據荊州作為養兵之地，進而親自領軍東征。

就在此時，諸葛亮和魯肅同回柴桑向孫權求救，並勸諫孫權同意孫劉聯盟，合力攻打曹操。不過，當時曹操勢力強大，不但佔據長江，更挾天子以令諸侯征討四方，囂張的態度讓孫權氣憤地當眾切下桌腳說：「諸將吏敢復有言當迎操者，與此案同！」之後便用周瑜和程普為左右都督，率兵沿江而上，與劉備共同抗曹。

由於位處北方的曹操不擅水戰，加上當時瘟疫流行，對曹操極為不利，因此曹操將戰船靠至烏林一側，周瑜則把戰船停靠在赤壁一側，不久，黃蓋準備了十艘滿載薪草膏油的船艦，趁著曹軍毫無防備時，船順風而前，一把火將曹軍船艦燒個精光，曹操逃回北方，孫劉聯盟在赤壁之戰取得勝利。

在曹操前往北方的路上，接連遇上趙雲和張飛等人，嚇得所剩的殘兵落荒而逃，不但士氣低落，且受傷慘重，接下來的路途顛簸難行，正當眾人害怕又有伏兵竄出之際，關羽出現在坡頂上等候曹操，於是曹操孤身前往會面關羽，低姿態問候：「將軍別來無恙！」此時的關羽想起往日曹操待他的情誼，拋下了一聲：「去罷！」便調轉馬頭離去，放過了曹操，正當曹操鬆了口氣準備趕路，而等在一旁埋伏多時的追兵，一箭穿心，將曹操射倒在地，隨即離去，曹操身中致命一箭，血流不止，在臨死前只說了聲：「我認了……」便氣絕身亡。

消息傳回孫劉耳中之後，劉軍士氣大振，劉備也大展鴻圖，恢復漢室，最後孫權同意歸順劉備。劉備一統天下後，將權力交還給之前被曹操蹂躪多時的漢獻帝，從此，漢朝重起大業，百姓再也不必因為戰爭流離失所，國泰民安直到現在……。

新詩～

擷起愛、恨、嗔、癡
蒸餾　　成詩

作者

田玉榮

生活在台北市，伴隨一切便利、快速而來的是巨大的壓力。寫文章帶給我的不只是一帖舒緩壓力的肌肉鬆弛劑，更讓我徜徉在幻想中的碧海藍天，逍遙自得。只有文字中的世界，才是我的桃花源。

升　降

飛昇與珠峰爭高，

俯視著雲層，

一眼望穿各洲大洋，

在虛無真空中的我，只感到，那融合的巨大能量，

奪目的，

觸手可得，

面前的那份炙熱早已透入，

搏動漸弱的撲通聲中，

而我，

漠然任由自己墜落，

無視強風襲來蝕骨的跳動，

浸淫在馬里亞那的水壓之中，

任由無人知曉的冰冷，

蠶食據說不滅的靈魂。

作者
王詩涵

一幕幕的回憶寫進一篇篇的文章，
因為念舊，因為戀舊，
喜歡寫下所有感動、快樂的記憶。
事是顏料，手是畫筆，
作文是成就生命的美好風景，
我是王詩涵，我要以自己的風格，
寫下人生每一刻永恆的美麗。

愛　情

人生的際遇如山似海 蜿蜒 激盪
芬多精是愛，浪花是愛

如初嚐糖果的甜蜜
清新的甘美滑入喉底
令人想歌詠萬物的希望

如夏日金色的陽光
照耀湛藍的海面
粼粼的波光閃閃
在心底迸出繽紛的驚奇

如檸檬的酸澀
咬舌的苦味流連齒間
不斷追尋熟悉的甜蜜過程
只能反芻過期的迷惘

如冬季枯盡的花朵
曾經動人的身影
吸引無限的沉溺
終究凋零於殘酷的歲月

生命的變動如山似海 澎湃 曲折
海枯石爛是愛
天崩地裂也是愛

作者
黃奕祥

像鳥兒般在天空翱翔，俯瞰寧靜的大地，
像老鷹般在雲間滑行，展現豪氣的羽翼。
哪天 我與狂風邂逅，
「啪！」的一聲與樹枝糾纏不清
沒關係　在遙遠的地方
會有人循著手中的線來找我
因為我是那與天合一的風箏

如　果

如果你是沙灘的旅人
我就是海濤
唱著悅耳的歌曲
平靜你

如果你是岸邊的礁石
我就是浪花
編織著柔細的泡沫
輕拍你　安撫你

如果你是海中的孤船
我就是大海
在看不到燈塔的黑夜
引來滿天的繁星
環繞你　擁抱你　陪伴你

作者
黃舜天

我是黃舜天，摩羯座，喜歡聽音樂、遊山玩水。我的專長是輕艇，曾經到佛山、漳州參加比賽。今年要遠到匈牙利參加世錦賽。

寫作給了我不同的天空，讓我發現輕艇之外的另一個潛能及樂趣。

我的教練

你是那無情狂猛的教練
我就是你身旁的小跟班
你是充滿溫暖的典獄長
我就是沉默寡言發抖的犯人
你是那乾淨的毛巾
我就是那頑皮的汗水
你是那法力高強的唐三藏
我就是那調皮搗蛋的孫悟空
願
給
我
好
成
績
你永遠是我的恩師
我是你這三年來
每日每夜不停磨練的學生

作者
周永婕

我的星座是水瓶座。喜愛的名言佳句是「你心裡怎麼看自己，別人就怎麼看你。」喜歡騎腳踏車、田徑、溜冰、所有新的事物，以及地下室的味道。

第一次作品入選，帶給我信心，也讓我對創作產生了興趣。

給媽媽

你是那美好的且溫柔的夕陽
我就是那受你包覆的海
你是那複雜且細緻的琴譜
我就是你衍生下完整的音符
你是那月光輕灑下的沙灘
我就是那隱藏在你柔情眼中的貝殼
願
陪
伴
至
終
你是我永遠的母親
我是你永遠寵愛的女兒

作者

張凱鈞

在體育班中，我的運動專長是田徑。三年比賽生涯中，最好的成績是全國中等學校運動會1500公尺第九名。

這一次的創作，讓我覺得很有趣，讓我偶爾也想拿起筆，寫下自己的心情。

榜　單

你是閻羅王的點名簿
我就是跪在殿前顫抖待審的冤魂
你是耶穌的聖經
我就是傳頌祢耀眼聖名的神父
你是六道輪迴前的孟婆
我就是無助排隊等著投胎的眾生
願
榜
上
有
名
你永是我的天堂與地獄
我是永在你面前尋找名字等待放榜的人

作者

林思晴

大家好，我的名字叫林思晴，就讀於南港高中體育班，我的體育專長是游泳，泳齡長達十年，曾當選中華台北代表隊（學校隊），未來即將就讀師大體育系。

寫作，讓我感受不一樣的表達方式，游泳是肢體的表現，但是寫作能夠呈現我較深的心情與想法。

比　賽

安靜的池畔
是選手們緊張的原因
鳴槍完的裁判
是觀眾們尖叫的聲音
觸牆完的選手
是永不停歇的喘息聲
我
永
不
忘
記
你是我展現的舞台
我是那台上耀眼的主角

小說～

不可逆的時間在這綻放，
不可能的可能於是盛開

作者

陳沅鴻

「人生，就是不斷跌倒再站起來的過程。」說這句話的人，他創造一本又一本撼動人心的書。

「我也想要創作！」成為我不停耕耘文字的力量。我想讓別人因為我的文字有一些些的改變，讓別人的生命中有一些些的感動。

心 囚

深秋，一抹枯寂削瘦的身影頹然坐在公園斑駁的長椅上，楓應景的染了紅，淡紅、酒紅、狂豔的紅、醉心的紅，葉落了一地，對清掃者來說只要掃成一堆，就清理乾淨。但在心事重重的人眼中，更添煩亂的愁緒。髮梢微指向風離去的方向，我時而仰望陰鬱的天，看著沉甸甸的雲緩慢爬過瞳孔，時而俯頭空洞地看著自己的右手，那裡曾存在著我的夢……

我嘆了一口氣，嘆息聲中摻雜著心涼，鑄成一道道的心鎖，扣住小小的心扉。一次友人無心的玩笑，讓正在擦拭氣窗的我，自窗臺上高高摔下，摔殘了手，連同憧憬也跛了腳。本來是球隊中最有潛力的一員，本來應有大好前途……。許多的本來幻滅，化為驚慌焦慮，最後為了隔絕外界的眼光，我將心上鎖，學會用冷漠化妝，學會一個人生活……。

三個月前，我是條力爭上游的魚，等待一次奮力躍起，游入我憧憬的大海。為此我犧牲一切，數字枯燥，我將它當情人擁抱，語文乏味，我將它視為果汁飲下。為了理想的學校，再多的苦我都願意吞，但心量再大也吞不下多變的命運。

那天是個難得的豔陽天，將連日細雨綿綿的霉味一掃而空，我起身爬上窗台將教室的氣窗打開，好讓陽光多透些進來。正當我自窗台一躍而下時，腳底傳來晃動，腳掌並沒有成功踏在預期中著地的紮實感，微蹲的膝蓋像鬆開的螺絲收不住勢，脫落，本能地用雙手支撐傾倒的身體，一陣恐懼攫住了心頭，「喀！」雙掌傳來大理石的嘲諷，如玻璃砸碎的清脆聲自手肘傳來，在耳際形成巨響，炸開，椎心刺痛蔓延，血液凝結。緊咬下唇，淚水糊了視線，模糊中是你驚慌的臉，以及搭在我椅背上那顫抖的雙手……。「為甚麼？」心裡一閃即逝的是兩天前那通徹夜談心的電話，「為什麼你要害我？」「我們……不是朋友嗎？」。

幾天後，我出院了，大考將近。靠著書桌，慣性右手拿書，卻被厚硬的石膏阻斷了行動。關於你抽走我躍下窗臺時應該要踏著的椅子，這個問題，始終，無解。我開始提筆練字，無奈歪斜的字無法表達內心的疑問；我開始練習畫答案卡，小小的方格容不下我的答案，只有揮不去的笨重。

當天試卷發下，秒針追逐分針，埋頭寫著，眼看剩最後五分鐘，壓力和焦慮似窗外的驟雨，不斷沖刷我考前所做的心理建設，無奈根基早已搖搖欲墜。鐘聲一響，淚水潰堤，一切開始崩坍，心中強烈的憤恨似千軍萬馬奔騰而下，沖毀了最後一絲理智。「為什麼，為什麼你要害我？」我在雨中仰天長吼，雨水沿著髮際滴落。我恨你！恨你看著我如鯉魚似躍起，卻又重重摔在現實的泥沼裡。

兩個月後，拆了石膏的我，站在和想像中不同的學校大門前，有股衝動想轉身離開，但理智壓著我走入，步伐一跨入，也蓄儲了我人生的另一個湖泊。

自骨折之後我就有了逃避的念頭。早晨撐開雙眼吃飯、上學、放學、吃飯、睡覺……，日復一日，我對父母的擔憂視若無睹，自顧自地生活著，堅信「無感」才能形成屏障，才能保護自己不再面對過去。

看著手中的選社表，應付地選了一個人員最少的社團，打算在那裡耗盡兩堂課。甫入，學姊便遞來一份劇本，清了清喉嚨，大聲宣布：「我們兩個月後要表演，這是劇本，五分鐘後選角。」我愣了一下，憑著五、六人的社團要表演〈小王子〉？笑話！我挑了最角落的位置，發呆。瑣碎雜語後，只剩主角的位置空了下來，學姊一掃視，灼熱的目光在我身上停留：「你，主角！」我以為我對事物已無感覺，我以為無感築起的壁壘可以抵擋任何攻擊，可是那熱切的眼神，瞳孔裡閃耀的樂觀和堅強，從心牆中一個個細微的縫入侵，我下意識迴避她的目光，將注意力移到了改編過的《小王子》上，句句的對話像在回溯我的過去，如蟒蛇纏緊獵物般緊緊勒住心頭。

像是猜透了我的內心，知道我藉口不去排練，放學後學姊總會到我上課的教室前等候，拉著我邊聊邊走到話劇社，好似為每一天的排演做暖身。學姊的熱忱、對話劇的堅持，悄悄軟化了我的銅牆鐵壁。當初加入話劇社的不悅，隨著日子的流逝，我開始像初生的嬰兒，牙牙學語著和人互動，尋找開啟枷鎖的那把鑰匙。漸漸地，發現排演戲劇的樂趣，甚至期待每天練習的時間，在社團裡我的思想得以盡情地馳騁，我透過肢體和人對話，讓別人了解我的角色、我的內心。我開始喜歡上了這個社團，喜歡上了演戲，喜歡上了讓別人笑的感覺，特別是學姊，她笑起來真的很好看。

演出的前一天，為數不少的布娃娃需要棉花填充，但棉花的數量有限，只好趕緊添購。時間已晚，冷清的街道上只有路燈孤獨地矗立著，刺骨的寒風把我們的臉吹得紅痛，焦急的我們厚著臉皮在所有可能的店家門前敲打。我勸學姊放棄，找別的東西填塞吧！「不！要走你先走，我自己慢慢找！」堅強在她拜託聲中以及哆嗦的背影中巍峨，為了給觀眾最精緻的視覺，她不惜一切也要將道具做到最完美，那怕是一針一線。就在我們絕望之際，一陣微怒疲睏的聲音自門後而出，我急忙央求著：「對不起！老闆，我知道現在很晚了，可是我們明天表演的道具還差一些棉花，能不能賣給我們？拜託！拜託！我們真的很需要……」聲音在細雨中顯得有些微弱。終於，鐵捲門被拉起一道小縫，兩大團棉花丟了出來：「快走吧！現在都快12點了！」拾起棉花，我們連忙向老闆道謝，疲憊、滿足地相視而笑。

隔天，演出成功，我們僅僅五、六人的社團表演贏得了最熱烈的掌聲，站在舞臺上的我笑著也哭著。我發現上帝給我這些試煉，帶我來到這個舞台，是想讓我看到不同的生命的意義。飾演小王子這個角色，就是我自身的投射吧！一如劇本：小王子走出了星球。經歷了許多事物，原本單純的性格流露出豐富的感性。是她，打開了我的心。

之後我接到了等候已久的電話，怯懦的聲音自話筒鑽出，他不停地說著：「對不起！」，並且敘述著當日的無心，接著彼此靜默好一陣子……。我不知道他在想什麼，我確定的是我看見自己這幾個月來回憶的跑馬燈，一幕幕在眼前清晰的重演：斷手的瞬間，考完試的崩潰大哭，初入社團的不屑，寒風中和學姊敲打著鐵捲門，謝幕時熱情的掌聲。如果，如果我當初沒有骨折，沒有寫不完考卷，沒有來到這個學校認識了學姊，那麼這些回憶還會屬於我嗎？答案了然於心。我淡然飄出了一句：「謝謝你。」我可以想像他的愕然，但我仍坦誠內心的話：「其實，等待入學前的那段日子我是恨你的，但如果沒有你，我就無法找到自己，如果沒有你，我就學不會真正的放下。」一陣啜泣聲流出，最後竟是我們一起哭了好久……。

哭完之後，突然覺得心頭一鬆，「鏗！」一聲，我感受到心頭的鎖打開的一聲清響，心臟第一次跳動得如此輕快，血液衝擊肉壁的感受是如此真實。憎恨被塞進了火箭，「咻！」一聲衝破大氣層，消失在遙遠的銀河彼端。我是如此喜悅著，步伐終於不再那麼笨重，安撫著釋懷的鰭鱗，我游得比以前更廣更遠。現在我找到另一個湖泊，有著可以陪伴我ㄧ起逐夢的人。我不再迷惘、不再害怕，儘管未來迎面的水流更加強勁，我依舊可以挺起胸膛，躍起，完美落水。

初春，巍巍的枯枝熬過漫漫寒冬，終於換上春天的綠裳，嬌嫩的花朵含苞待放似少女的羞顏，一種令人垂涎的美。公園的老舊長椅上，二個背影相互依偎著，男的正在訴說一個叫做「心囚」的故事，女的會心笑著：「這或許會是下一個劇本的好題材呢！」如風鈴般悅耳的笑聲迴盪在風中，重重心鎖，如今化成養分，孕育我綻放自己人生的勇氣。

閱讀心得～

閱遊世界
暢讀人生
觸動心靈
深造自得

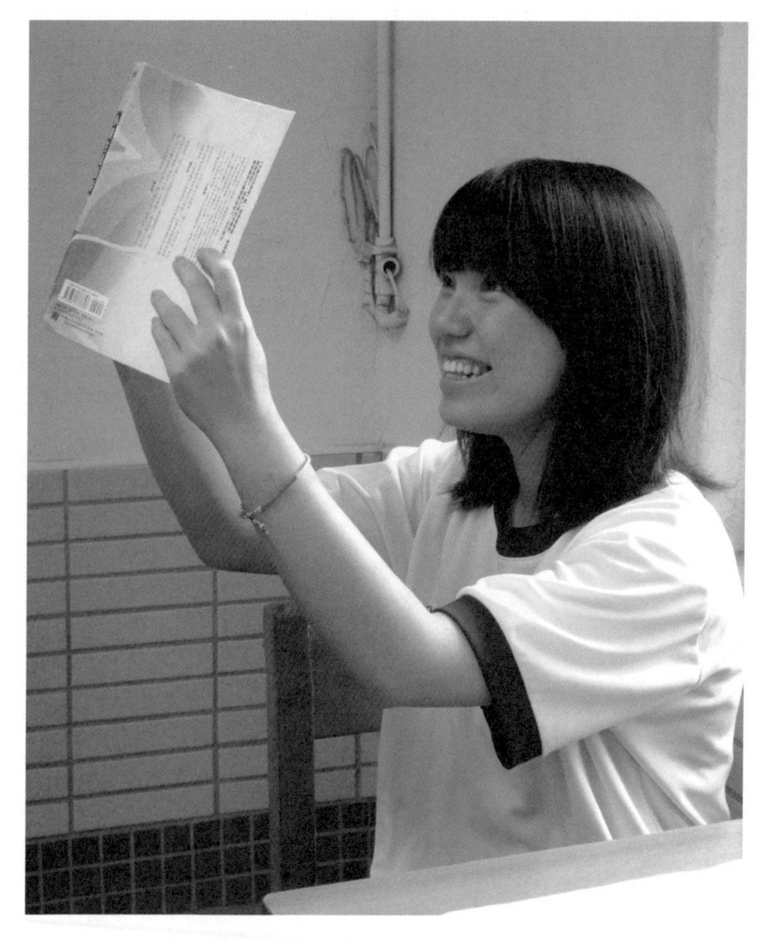

作者

謝妤婕

嘿嘿！很榮幸可以入選港中第一屆的年度文選！

平常我就喜歡把生活周遭的事情記錄下來，不管開心的、難過的，還是憤怒的，將心情化為文字，就可從中獲得抒發與滿足。一篇篇，串成我永久的記憶，更是我盡情揮灑的文學創作。

書名：收藏天空的記憶

作者：珮特・布森

譯者：郭郁君

閱讀心得⋯⋯⋯

故事在敘述艾美利生活於一個單親家庭，她和她媽媽有一起收藏天空記憶的習慣。後來艾美利得知媽媽得了癌症，她從傻傻的不懂人事，一直到了解死亡，都陪伴在媽媽的身邊，盡可能的珍惜母女在一起的日子。最後，當艾美利的媽媽抵抗不了病魔去世時，艾美利從一開始的不能接受、傷心沮喪、憤怒無助，一直到她願意選擇接受，正向面對，漸漸的心靈深處的憂傷就獲得了撫慰。

讀完這本書，讓我心中充滿很多想法。死亡，是生命中必經的過程之一，但是當它真正來臨時，那失去的真實感將狠狠的打擊我們。小時候常在新聞報導上看到一些有關死亡的事件、意外或消息，但我從來不把它們放在心上。

國小六年級時，我的阿嬤因為癌症去世了，對於「死亡」我似乎有了全新的體悟。原來死亡並不是說忘就能忘的，相反的，它所造成的傷痛、憂慮、哭泣、無助的感覺是長久揮之不去的，而且留在人的心底深處，某一天，當你又想起時，眼淚又會滴滴答答的掉下來。

但是我們不能因為死去的人而一蹶不振、自暴自棄，活著的人總要繼續走下去。提起精神，整理好自己，就像故事中的女孩艾美利一樣。

有人說：「時間是最好的良藥」隨著時間越來越長，傷痛就越來越輕，或許有一天我們也會很驚訝，我們不再為了某人的死亡而難過，我們也不用覺得內疚、對不起，因為我們並沒有忘記他，只是選擇用不同的方式紀念他，但那並不代表我們就要放棄自己快樂的生活。

我們可以走出悲傷，恢復日常生活；可以時時刻刻向他表明：「放心！我們過得很好！」然後再向身旁的人露出一個大大的笑容，珍惜能夠相處的每一刻，因為在「死亡」的課程中，我們學到的不僅僅只是走出陰影，也學到要好好把握「活著」的每一分、每一秒！讓自己的生命充滿光彩，而不是遺憾！

作者
梁珮儀

迎著風，曬著太陽，踩著浪花，17歲的不平凡女孩正迎向晴朗的未來！熾熱的夢想正在心底慢慢發芽，找尋著最碧藍的天空，準備起飛！不猶豫，不後悔，對我而言，青春就是要這樣瘋狂一回。拿起筆，開始揮灑屬於我的熱血青春！

書名：**配對**
作者：艾莉・康迪
譯者：甘鎮隴

閱讀心得………

現代社會講求民主、自由，但書中的國家體制，人民必須服從政府的一切安排。你無法自由選擇你的職業，你將藉由冰冷的機器計算你的能力，然後給予適合能力的職業。你沒有自由戀愛的權力，你將被隨機配對給一個你可能從未見過面的男孩或女孩，這樣要如何進一步了解對方呢？

你將透過一片小小的晶片，認識這個未來與你攜手共度的人。或許剛開始會覺得新奇、有趣，那就像是一條無形的紅線，將兩人的生命做了最巧妙的聯繫。但是換一個立場思考，這個對象，其實是個十足的陌生人，你無法預知未來會不會愛上她（他），更無法預測這段感情是否能開花結果。

我們經常探討人權，爭取應有的權力。我們可以掌握自己的未來，而不必聽從他人的左右。我們可以選擇自己喜歡的工作，而不必接受違背心志的職業。我們可以去愛自己想愛的人，而非勉強自己，愛一個你不懂的陌生人。人活著，就是因為可以決定自己生命的寬度，可以讓自己的人生更加精采活躍！處於被動的你，將永遠任他人擺佈。

最近常討論到一個議題，「是否要廢除死刑？」因為和人權有關係而顯得複雜，可見人權在當代社會非常受到重視！如果我生活在書中的社會國，我想我應該會和書中的女主角一樣試圖改變一切，勇敢追求屬於自己的幸福！「社會國將他們配對在一起，而真愛，讓他們自由！」讓我無法認同的是書中的社會國竟然可以決定你何時死去，前面的兩個例子只是單純失去選擇喜愛與不喜愛的權利，而這個例子，卻剝奪了人的生死之權，如果有一天，真的出現了這樣的制度，我想國家的人民可能永遠無法得到真正的快樂！

作者

蘇晨珮

只要時間不停地流動著；陽光穿透樹葉細縫，不停地灑下金黃的美好。我將不會在人生的路途上，失去方向。

我的影子和陽光發酵成一場夢境，然而僅有的就只是一朵哀豔且即將凋零的花蕊，我將緊握著它，沾染它的血腥，然後，繼續前進。

書名：《紅嬰仔》

作者：簡媜

閱讀心得………

就從邂逅這本書的背景寫起，那是一場在圖書館前落下的大雨。

我鮮少帶傘，縱使生長在多雨的基隆，我的老毛病之一，便是經常忘記離開前帶走窗前的傘。今天一早，我前往西湖圖書館，打算選出某本書作為我的心得。出門時艷陽高照，毫無下雨的徵兆。沒料到，一到台北，天色陰暗，我急急前往圖書館，路上下起大雨使我全身狼狽。

領著暑假作業書單，在書櫃一圈又一圈的尋覓，最終，我選擇了簡媜的書，因為升上高中後，我對她的作品〈夏之絕句〉印象深刻，剛讀完她的《老師的十二樣見面禮》讓我對這位書寫女性散文的作家，也懷抱著些許憧憬。即將掀開扉頁的那一剎那，我毫無預感，就這樣跌入簡媜的世界，而且不可自拔。

字裡行間，我感覺自己也成為一個母親，手裡抱著柔嫩的嬰兒，如花瓣般清香。

從懷孕開始，她敘述孕婦時常會想吃某種特定的食物，時間不定。她說自己在看書，抬頭看見立燈的燈泡，會突然想吃小桶裝的義美泡芙，「想得心都碎了」，我當時一讀，便覺不可思議，我嗜吃，但不至於想某種食物想到「心都碎了」，這個說法不禁縈繞心頭，一思再思，拍案叫絕。而親朋好友雖慷慨地饋贈嬰兒所需用品，但簡媜夫妻倆逛完嬰幼兒用品展，仍然抱了不少戰利品回家，父母如何疼愛小孩可見一斑。

簡媜在敘述小傢伙（或稱大霸尖山、搖錢樹）和大家見面的那段過程，真是令我捏把冷汗，彷彿自己就坐在產臺旁，看著孕婦時而痛苦，時而暈眩。陣痛如一波又一波襲來的大浪，淹沒了簡媜，也淹沒了讀者。最終，小傢伙平安無事的產下，我的嘴角，肯定也盪起一絲開心的微笑。

最喜歡的是其中一篇〈你的名字裡有追尋的力量〉，我也曾想幫小孩取名，無奈年紀太小，取的名字總不被採納。然而，簡媜靈機一動的「姚遠」，其實有很深的含意，他們不盲目追尋姓名學、算命等等的角度，只期許這個孩子，能走的天寬地闊。做為父母，心中必然有很深的拉扯，期待他乖乖地待在自己的身旁，又想讓他如鴻鵠般高飛。簡媜在名字上，先為他鋪好一條路，告訴孩子：「媽媽愛你，永遠支持你！」

在這本書當中，有兩個配角，第一個是簡媜的母親，第二個則是阿嬤。母親與阿嬤，都是曾經歷過懷孕、育兒時光的女人。於是她們給簡媜補身體，教簡媜一些帶小孩的訣竅，為小孩做傳統習俗的儀式，這些內容讓我非常感動。一個女人，從小便染著母親的淳香，而此香，由阿嬤傳給母親，母親再傳給簡媜，在書中平淡的敘述，也能讓看書的我熱淚盈眶。

而此書中的「密語之八」，簡媜是大姊，在鄉下，理所當然應「姊代母職」。可是沒人問她喜不喜歡，要不要，事情就這麼發生了。我猜想她不甘願，不然就不會將弟弟隨意從背帶上解開，且差點溺死在水中；就不會嚙咬妹妹一口，至今齒痕仍清晰可見。現在，簡媜成為真正的母親，童年的記憶卻緊緊跟隨她，永不放手。

「姚遠」越長越大，我不禁疑惑，小時候的我，是怎麼樣的？

詢問了母親，用我在書中學到的名詞。「媽，我小時候吸奶嘴嗎？」「媽，我小時候會不會戴手套啊？」「是誰幫妳坐月子的？」「我喝不喝母奶？」問到結果是，我小時候愛哭，不好帶，很愛吸奶嘴，不喜歡被束縛，舉凡手套、裹巾等，都使勁掙脫。那時媽媽在醫院住了三天，只餵了我一次，由於我嘴巴太小，母親的乳頭對我而言太大，從此我只喝牛奶，對母奶敬而遠之，這倒是和姚遠不同，我沒有書中所述的「蠶豆症」，而稀奇的是，母親的月子，竟是由父親料理。我不禁幻想，父親在上班之前，妻子尚未醒來，他便精心燉一鍋麻油雞，放在電鍋裡飄香，等著母親起床……。

看完這本書，我看到了「姚遠」的成長，追憶了我的嬰孩時光，也明白了某些道理：諸如為何父母總是不厭其煩的叮囑「要帶傘！折疊的，不占位子。」又為什麼我對書本的渴望如此龐大，因為承自母親喜愛閱讀的性格。我的脾氣、面容、穿衣、喜歡吃的食物……，全部經由父母親的陶冶，而鎔鑄成我這塊大石，成為沉重且甜蜜的負荷。

這本書已經和柯裕棻的所有著作一樣列入我的傳家寶（簡媜似乎也有許多傳家寶呢！），世世代代的傳下去，並特別標註首頁的一句話──「在湯裡放鹽，愛裡放責任！」

作者
賈文慈

雖然沒有楷書的方正，篆書的條理分明，行書的從容不迫，草書的大膽狂放，很幸運的是這樣的我在書法以外的領域，寫作也能得到別人的認同及欣賞，很感謝每一個讓我展現自我能力的管道，雖然我只是個普通平凡的學生，但因為有這些小小的平凡，才能讓我過著充實的每一天。

書名：**珍愛人生**

作者：賽飛爾

譯者：趙丕慧

閱讀心得………

在大部分的小說裡「文學性」總或多或少在故事裡佔有一定份量的比重，但在《珍愛人生》這本書裡，我認為作者使用最質樸的文字修飾及一般生活中的對話為要點，藉由故事的本質來告訴讀者其想傳達的觀點。作者身為輔導社工，而這整個故事則是許多真實世界中較為弱勢的族群發生的內容濃縮而成，若能有所選擇，我希望這些不要發生，願這些令人難以想像的悲劇，不要加諸在任何人生的任何時刻，然而這些故事也似乎在新聞報導中時有所聞，在當今的社會裡真實上演著。

故事主角是一位黑人，年紀約16、17歲的學生，但就在這個正值花樣年華的時刻，主角珍愛卻準備生下第二個小孩，然而在經濟狀況十分貧困的生活裡，生父、養母卻利用著政府給予未成年懷孕的補助過活著，而她在十二歲時所生下的卻還是一個患有蒙古症的孩子，更令人震驚的是這兩位孩子的生父還是自己的父親。然而珍愛本身的情況也屬於弱勢，她本身是一位體重破百、不識字、滿口粗話的少女。或許在現實生活裡，上述的任一情況發生，對於任何一人而言都是十分大的痛苦折磨，更不用說，當所有憾事在同一人身上接連發生，對一個年齡與自己相仿的年輕女孩是如此令人同情的。

在混沌的生活裡，或許只有相信自己才能使內心堅強起來。我覺得珍愛之所以能度過灰暗，自己內心所保有的天真佔有重要的作用，雖然一開給志工的輔導抱持不信任，但是自己對於奮力向前的動力並沒有因此而減弱，隨著輔導人員及學員們的相互扶持努力，漸漸開始認字，積極的面對自己的困境。人的生命短暫而有限，生命的過程未必一路平坦，有傷心、悲慟，但逆著光明卻會使人永遠找不到出口，人必須勇敢的面對現實，縱然這一切需要時間及耐力來撫平，但真的熬過去，回頭再看看，人又何嘗不是在成長？

所謂的逆境，或大或小，需要回復的時間或多或少，人生的不如意是沒有止境的，當自己只沉浸在無盡頭的過往，該如何往前呢？這本書告訴了我一個人如何走出低潮，如何面對問題，走出困境，希望透過這本書與人共勉。

作者

鄭琬齡

想像中的「美」，若用文字表達，是除了自己外，即有共鳴的知音。若願望會實現，我要乘著馬車，裝滿整車的黃金屋奔馳，奔向屬於我人生的希望和夢想。

書名：總裁獅子心

作者：嚴長壽

閱讀心得………

這本書是嚴長壽總裁自己寫的一本書，敘述他個人是如何以高中畢業的學歷，在競爭激烈又不景氣的社會及職場中向上攀升，過程中他是位好學、求上進、凡事都會充分準備的學生，就因為他具有這樣的人格特質，幫助他一步一步的化險為夷。他原本是美國一家公司的傳達小弟，接著升上了總經理，擔任飯店總裁，最後還成為國際旅遊界的名人，雖然他也是白手起家，但與其他企業最大的不同是；他在成就事業之後，主動為社會大眾付出心力。擔任領隊時，他總是會把所有程序預試一遍，以確保任何環節沒有問題，有犧牲就會有收穫，做的比別人多一些，得到的回報更加豐碩。經由這些生活中小例子，他想改正大家對「學歷」的看法，學歷不再是最重要的，「實力」才是最強的助力。

現今社會中，每一個人都想當成功者，每一個人都在追尋著目標，而那目標就是「成功」，人何嘗不想完成自己的理想，但現實中，成功並不是唾手可得，背後一定有很多不為人知的辛酸血淚。大家都想成功，但成功也要抓住要點，不論是學校或社會中，厚實的資本及家庭背景都是支持學習成功的重要事項。不是每個人都有好的家庭背景、受好的教育、受專業訓練，但是嚴長壽先生肯吃苦耐勞、腳踏實地，願意從基礎開始學習，一一克服種種困難與障礙，也因為經歷過許多挫折，才知道一切只有從最基層做起，才有成功的可能。他連小弟都當過，足以成為現代年輕人的楷模。現今社會，有多少年輕人想一步登天，什麼都不做就想得到功名利祿，然而成功不是一蹴可幾的。從中我領悟到的道理是「知易行難」，雖然他平凡得跟大家一樣，卻平凡得特別，對每件事都力爭上游、努力不懈。此外，很多領導者並沒有從善心、愛心和其他人的立場出發，他們都是以自我為核心，嚴長壽並不這樣認為，這也是他成功的另一特質。他始終秉持著「手段是強硬的，但心絕對是柔軟的」態度，我看到一個積極上進、吃苦耐勞、知所反省、絕不輕言放棄的年輕人，凡事「抱最大的希望，付最多的努力，做最壞的打算」。

看完「總裁獅子心」這本書，作者嚴長壽一生的經歷，以及菜販陳樹菊默默行善，藝人孫越叔叔畢生立志當義工等事蹟，著實令人敬仰與敬佩，他們都是從自己做起，對自己所言所行負責任的人，他們的平凡造就了不平凡的人生，這意義是無法用金錢衡量的，只有時間能證明。反觀，現今社會，有許多富家子弟或者不自愛的年輕人，不是上網、飆車，就是愛流連夜店，只知享樂，完全不清楚自己所言所行，難道是這個社會病了？還是教育出了什麼問題？有句話是這麼說的：「一種米養百種人」但是，人生來性本善，不是嗎？我真認為，導向正面方向在於個人的一念之間，條件是其次，重要的是，自己是否有顆上進之心，想要挑戰自己，克服困難。羨慕別人成功的同時，也要時時刻刻提醒自己「凡事盡力」，不要半途而廢，嚴先生的經驗是最棒的活教材，若能將書中的字字句句化成行動的能量，相信你我都是世界上閃亮的一顆星。

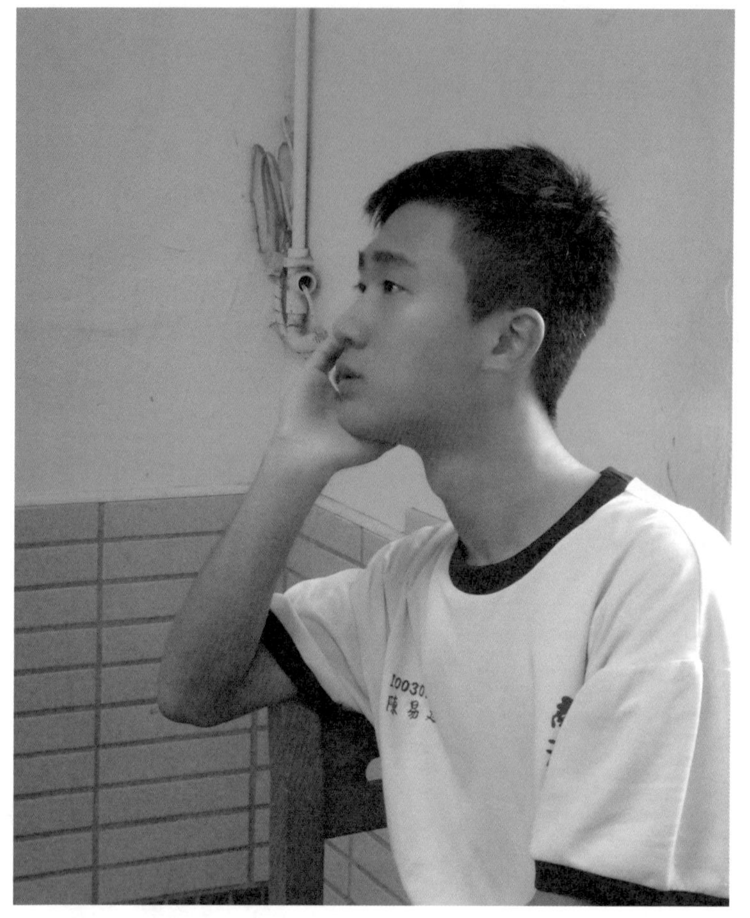

作者

陳易廷

我喜歡陪同蘇軾聽穿林打葉聲，與曹操一起對酒當歌，和歐陽脩探究庭院的深度，跟著古人的腳步，冀望著有一天能寫出我的人生，在文學的康莊大道上一展長才。

書名：**山居筆記——蘇東坡突圍**

作者：余秋雨

閱讀心得………

這篇作品道出了人的本性，見不得別人好，致使英才總遭他人忌。回想起來，國中時的訓導主任以及教學組長都是因為遭遇他人忌妒而被調職，難道認真、完美也是一種罪過嗎？

一代大文豪蘇軾在國文課本上只有簡單寫出他被貶官，卻沒具體描繪他在監獄裡遭受的苦。傑出的人背後幾乎都有小人的陷害，像李白、白居易、柳宗元等等……。每個人都有羨慕別人的時候，有些人只是將這些心情隱藏，但是有些人卻無法克制忌妒之心，採取了傷害的行動，甚至一群人朋比為奸，為了共同的利益打壓他人，什麼歪理都可以怪罪，只為置別人於死地。被誣陷的文人有些看透世俗，燃起隱居之心，有些人天天藉酒消愁，有些人透過詩文表現自己的心思，有些人沒有篤信宗教、有些人則努力再受重用。

其中也有可笑的情形，陷害他人不成，反倒助成了他人完成事業，司馬光的資治通鑑就是因此完成的。往往一帆風順的人，都是一些阿諛諂媚之士，窒礙難行的，卻是正直的君子。

在這些正人君子中，很少有像蘇東坡遭遇貶謫後反而變得更加成熟，漸漸回歸成有著清純和空靈的人，他能夠家喻戶曉並非只因為他的文章，他豪放不拘的品行，更是令人欽服，如同周敦頤〈愛蓮說〉中所寫的蓮花一樣，出淤泥而不染，這正是我喜愛蘇東坡的原因。

作者
林晏楨

詫異莫過於驚喜，大概說的就是這個情況吧？我從沒想過會有作文獲選登上刊物的機會！我喜歡天馬行空的胡亂想像，思想很跳動，有時會突然靈光一閃而下筆，不顧前後文地只想書寫，不過能獲選也算是對我的肯定吧！

書名：**大說謊家**

作者：張大春

閱讀心得⋯⋯⋯

這是一本另類的偵探小說，主角法賽，是一個靠著網路遊戲為生的時尚雅痞，和另一位主角紀凌歌，一個有著「陽光警花」稱號的年輕女警一起合作的故事。看似平行的兩段人生，卻在一個奇妙的十字路口產生了交集⋯⋯。

我只能說作者張大春真的很厲害，他寫小說都非常的有想像力，而且也不失學術上的專業，看的人總是不免要承受一下驚心動魄之感，捏了一把冷汗，讀到末頁時，如同驚醒般才察覺又是一集結束了。說真的，故事情節萬分精彩，內容題材都是取自日常生活中的無限衍生，所以並不會感到陌生，讓人讀起來可以產生共鳴，回味無窮。

《大說謊家》是以警局裡的審訊室作為基礎開始無限延伸。審訊犯人之前警方必須先蒐集足夠的證據才知道該從何下手訊問，而這時就牽扯到了邏輯推理和犯罪心理學與心理分析。很明顯地，在警局理，紀凌歌技勝一籌，別人需花三、四天的時間讓犯人招供，紀凌歌最快可以四個小時內完成。

一次的因緣際會，法賽被牽扯進一場命案，他沒想到買一個滑鼠都會出事。在審訊室裡，因為法賽下午有一場比賽，所以無法陪他們耗時間釐清案情，於是便誇下海口，說明自己只需要二十分鐘，就能讓犯人就範，不需要任何證據，他甚至覺得數字搜查根本不算甚麼，就連CSI也可以靠邊站了，更不用24小時反抗，啊！別誤會！他可不幹屈打成招那種事情，他只不過是讓犯人被自己的謊言擊沉而已……。

誰最會說謊？誰才是真正的犯人？這兩個問題是第一集封面的題語，我認為會「挖坑」給人跳的法賽是最會說謊的，而最會說謊的人並不代表是犯人，這種想法和紀凌歌一樣，於是周遭的人也因為這種想法而幫法賽開脫了罪刑。畢竟法賽與紀凌歌搭擋多次破除了疑難重重的案件是有目共睹的，所以眾人也不例外的被過去的印象欺騙了。

最後一集裡，法賽的身世與他們接下的案件開始漸漸的清晰了，運用一場巧妙的手法，某人被下毒而死，而有人誤以為是他所殺而陷進了法賽的坑裡「招供」了。案子雖然解決了，可是紀凌歌卻察覺事有蹊蹺，直到她理清了真相，一切都來不及了，當天紀凌歌幸運的攔下要出國隱世的法賽，與其說是攔下，倒不如說是法賽正等待她的到來，因為他認為她有那個能耐能察覺一切的陰謀，紀凌歌流著淚舉起槍對著法賽，而法賽只是淡定的抽著菸眺望遠處，看到這場景，心裡感到酸澀想哭，因為他們兩人合作無間，擁有深厚的默契，沒想到卻是以這樣的方式收尾。

紀凌歌沒開槍，就算開了也沒用，但她證實了警花天才是法賽的母親，而法賽的父親則死於非命，殺父仇人正是那個犯人，在那場命案發生後，法賽和他的妹妹相依為命，仇恨的因子也就此種下，這就是故事一切的始末。

誰最會說謊？誰才是真正的犯人？第一集的小小提語全部指向了法賽，這個提示卻被我忽略許久，法賽花了許多時間就是為了得到警方的全盤信任和誤導讀者，這真是個可怕的陰謀啊！《大說謊家》這本書刺激了我的思考，開啟了我的邏輯能力，故事的層次豐富，情節的曲折多變，是學習寫作小說理想的典範。作者大人！《大說謊家》還真是實至名歸！

作者

張少妤

寫作時總會想到看過的書籍，雖然詳細內容已經記不清了，觸動我心的精彩片段還是會在腦中想起，讓我能轉化為文字，運用在寫作上。或許寫作只是一種模仿，如果能成功寫出自己的風格，那便是對喜歡的作者表達最大的敬意了。

書名：**山居筆記——歷史的暗角**
作者：余秋雨

閱讀心得………

從古至今，中國的政治舞台上，小人從來沒有缺席過，他們不會是主角，卻使盡一切辦法擾亂當局，政局越是混濁，他們就越有攀升的機會。笑裡藏刀、口蜜腹劍、陽奉陰違，用盡所有不正當手段，在皇帝面前卻往往比直言進諫的正人君子更來得討喜。因此在亂世之中，浮雲總是遮蔽著太陽，而真正為國家著想的臣子們只能黯然遭到貶謫或是心灰意冷的歸隱山林。

現今，我認為最為氾濫的是文章中的文痞型小人，看看政府裡的那些官員，哪一個不是知名大學畢業、或是海外留學回來的人才？但他們在部分議題上的決策，著實令人失望。他們總是說「為了國家整體利益著想」，一旦人民的利益遭到侵占，也只會掛著歉意的笑容說：「這是必要的犧牲。」更別提官商勾結的情形，上層的人中飽私囊，下層的民眾已經水深火熱，他們卻什麼都看不見。少數想大刀闊斧改革的人總是曇花一現，不久後就會因為政黨的壓力以及民眾長久以來的不信任被迫漸漸沉寂。

而作為監督政府的第四權的媒體也一樣，總用一些誇大不實的標題和帶有煽動意味的報導來誤導人民，更可怕的是大眾早已習以為常，想抗爭的聲音從未停過，但卻傳不到掌權者耳中，其中又是誰在興風作浪呢？

文章中兩種對付小人的觀點，我支持要保持對抗，如果沉默不予理會，也許暫時避免了和小人爭鬥的麻煩，但是人言可畏，說不定哪一天輿論就蔓延到自己身上，就算清者自清，但只要有人開始懷疑你，所謂三人成虎，到了最後還有多少人能站在你這邊呢？既然和小人沾上邊就會染得一身腥，那為什麼不乾脆為自己奮戰到底呢？

作者
黃奕鈞

我的興趣是看一場熱血的電影，一起體會其中的緊張和刺激。我喜歡陽光，令人充滿活力。我對一些極端的人並不討厭，因為這是他們的毅力。我很欣賞那些努力不懈的人，並且深信唯有堅持才有收穫，因此我永不輕言放棄！

書名：山居筆記——歷史的暗角
作者：余秋雨

閱讀心得⋯⋯⋯

這篇文章提到的「暗角」就是小人。自古至今，人人都怕遇到「小人」，而作者反而去分析他們的特徵，引發我閱讀的興趣。我認為「小人之小，就小在人品人格上」，他們總是見不得別人的成功，不能成人之美。

「他們是一群有本事誘使偉人和庸人，全部沉陷進謊言和謠言迷宮，而不知回返的能工巧匠。」這麼看來，小人是不笨的，只是用錯地方，且只顧眼前利益。文章中提到了馮道的例子，作者寫到「要充分地適應中國封建社會的政治生活，一個人的人格支出會非常徹底，徹底到幾乎不像一個人。」馮道他實在現實過了頭，為了做官而到處靠來靠去，這人一點尊嚴都沒了。我寧可去隱居，也不要這麼卑微。

然而小人那麼的猖狂，有部分必須歸功於被陷害者，他們太容易被小人動搖了，雖然「小人最隱密的土壤，其實在我們每個人的內心，即便是吃夠小人苦頭的人，一不留神也會在自己的某個精神角落為小人挪出空地。」小人不管在什麼時代都會有，這是自然產生出來的，但會成為小人，是因為信念不堅定，而會被小人陷害，也是信念不堅定，所以我認為要對自己有信心，相信自己的能力，就能看到面對小人的解決之道了。

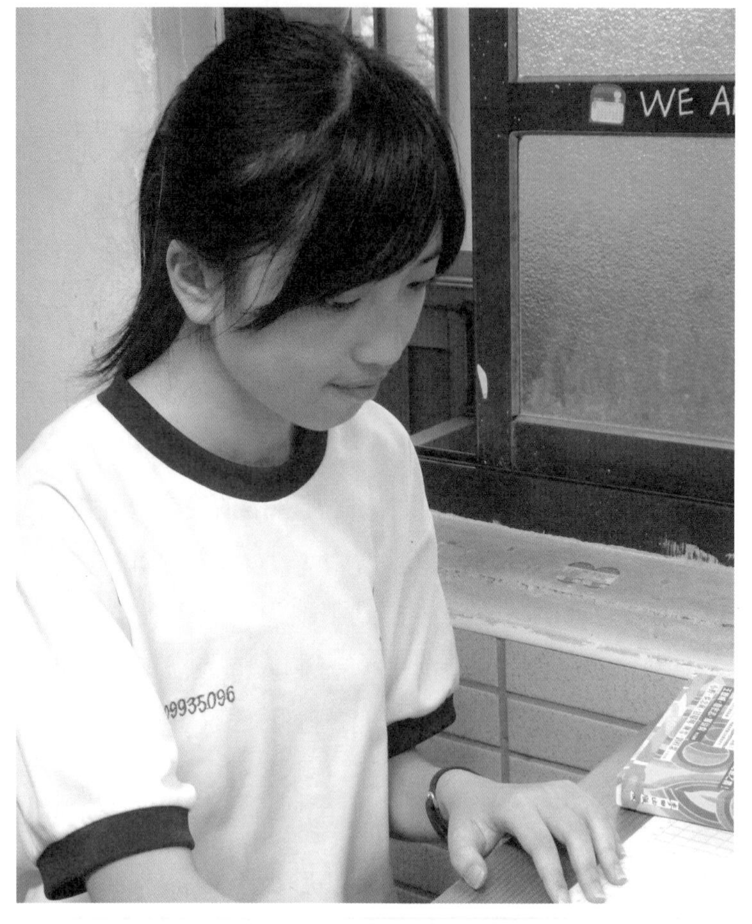

作者
謝凱喻

隨著年紀的增長，小時候的夢想好像漸漸的離我而去，讓我開始思考「夢想」和「現實」是否是條漸近線？很多時候父母賦予我的期望，壓得我喘不過氣，甚至漸漸地產生自卑，看著別人正往夢想一步步邁進，讓我懷疑自己前進的動力到底為了誰？因此我寫下這篇文章，提醒自己，不要忘了那一個最初最純的夢。或許此刻是夢。但我相信有了那份原動力，最後的果實不僅甜美，還多了一份感動。

篇名：**病梅館記**

作者：龔自珍

閱讀心得………

古人以生長畸型的梅為美，不讓梅樹自然地生長，反而砍掉直密的部分，再用長竿使梅彎曲。逐漸地，梅樹消失原本應有的生氣、和那屬於梅樹堅毅不拔的精神，反倒像一個手腳被綁縛在刑場上的罪人，仔細地觀察病梅，彷彿它正傳出微弱地呼救，然而這呼救並不是人人都聽得到。

〈病梅館記〉讓我感觸很深，作者藉著病梅來控訴當時社會風氣的病態。仔細想想，現今很多父母為了達到自身的滿足，干預、強勢選擇孩子的道路，又何嘗不是一種病梅的態度呢？

有時候我覺得自己像一個受人操控的傀儡，或是遭受思想改造的機器人，不是我完全反對父母的建議，而是他們幾近扼殺我最初的夢想啊！他們希望我複製他們的人生道路，避免遭遇任何風險。甚至告訴我：「自己的夢可以等未來再發光發熱」。事實很明顯，我和他們是完全不同的個體。任誰也不能剪除你的枝與葉，並且硬生生的彎曲你的枝幹，最後誇讚自己的作品有多漂亮。

我不想當一枝可悲的病梅，雖然父母沒有澆灌我的夢，但是至少夢的芽還沒被根除，我相信有一天，我會是那一株直挺、面向陽光而且開得最燦爛的梅。

作者

林資偉

屈原遭受小人的讒言詆毀、不為君主所重用，縱然空有遠大的報負，卻無處發揮；即便如此，他還是不逢迎、不諂媚，貫徹他的志節，最後甚至以死明志。當初會選〈漁父〉作為寫作的主題，大概就是因為這樣的屈原、這樣的高風亮節吸引著我。

篇名：**漁父**

作者：屈原

閱讀心得⋯⋯⋯

「眾人皆醉，我獨醒；舉世皆濁，我獨清。」字裡行間透露出你對於時局的感慨。我想，你應該是抱持著沉重的心情，寫出這樣的文句吧？

觀其文，覽其句，我彷彿能看見你那瘦削的容貌，獨自步行於汨羅江旁，放聲吟唱，是你對於混亂汙濁的世道無言的抗議；清澈淡藍的河水，映照出你憔悴的面容和因憂勞國事而日漸寬鬆的衣帶。

「世事豈能盡如人意，但求無愧我心。」或許，是這樣的心境，支持著你？不同流合汙，不闇然媚世。在敗壞的朝政中，奸人得志，你仍不改你的志節、你的堅貞，直言勸諫而不為權貴所折服，縱然你因而招致貶謫，成為徒有虛名而不具實權的三閭大夫，但你的高風亮節，是小人奪不去、也搶不走的。

多麼希望我能成為那名漁父，勸消你一心求死的執念；多麼希望我能成為那漁父，跨越那時空的界線，也許，我們能成為無事不談的摯友。

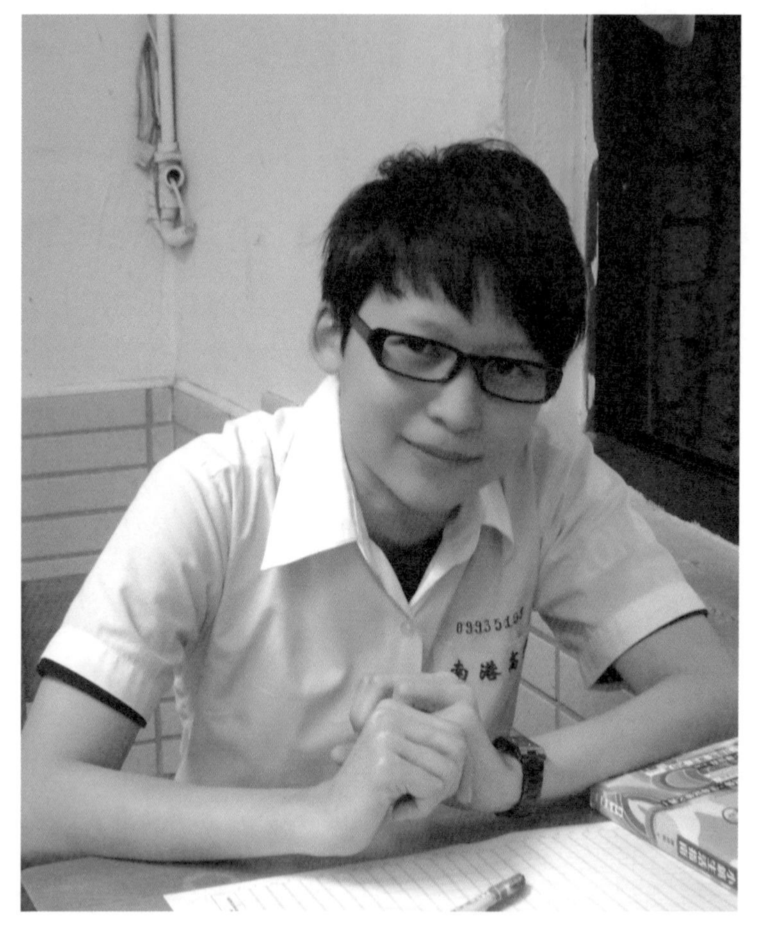

作者
黃允亭

每一次的閱讀，心中就多了觸動，每一次的寫下，就讓生命更加豐富，記錄自己的想法，有一種迷人醉心的魅力！

篇名：虬髯客傳

作者：杜光庭

閱讀心得………

「風采疏竹，風過而竹不留聲；雁渡寒潭，雁去而潭不留影。」但在那交會瞬間，已在我心中留下不可抹滅的印記——我與傳奇的交會。

行俠仗義，任真率性，是杜光庭筆下的豪俠——虬髯客；萬里奔波，認命瀟灑，則是我心中的那位英雄。也許作者強調的是唐太宗生而異相，宣傳天命是不可違的理論，但我對這位赤髯體壯，騎跛腳驢的俠客所生的敬佩，更勝太宗。然而甘於天命是我所不服氣的，若是李世民能與虬髯客一爭高下，也許歷史會有所不同。

課堂上老師找同學唸課文對話，同學模仿紅拂女婀娜做態，和李靖、虬髯客對白，雖有些彆扭，但娛樂性十足，讓課程輕鬆不少，若是能演戲的話，想必更有看頭。故事情節蕩氣迴腸、千迴百轉，我的心也跟著翱翔，整堂課都非常有趣，總使我迫不及待的往下細讀，下課後更是不停回想，好像自己是虬髯客，那樣豪放不羈。

那年盛夏的國文課，我認識這樣一個故事，亦是一種生活態度，也許不是長篇大論，卻使我至今依然印象深刻。而那堂課，更是難以忘懷，是我與傳奇的交會，亦是人生的轉捩點。

作者
繩憶蓮

寫作時我喜歡舉自己生活周遭的例子，描述心中的感受時，我會認真回想，用具體的方式表現出來。因為我常常關注周遭，也儲存了許多深刻的回憶，這些都有助於我寫作的發揮，使我的文章能吸引別人的目光。

篇名：**虬髯客傳**

作者：杜光庭

閱讀心得………

雖然身為女兒身，但從小就對俠義小說特別有興趣，尤其像〈虬髯客傳〉這篇文章雖然是文言文，但是重視情義的內容、人物的生動性格，都能減輕我對國文的畏懼，甚至著迷其中。在高中課程中，除了幾篇白話選文外，這篇文章具有非常精采的情節，因此我總會在讀國文之前，先閱讀這篇文章，調適先前浮躁的心情。

其中虬髯客為人大方、機智果斷。這樣特質的人物是武俠小說中不可缺少的角色，雖然這樣的角色，總是有著替主人翁擔任墊背的原型，令人深感惋惜，不過要是沒有這種講義氣、重情義的朋友，世上許多豪傑志士也都難以出頭，武俠小說更是無臉面對其「俠」字。

看著故事的曲折描寫，揭示了一個人的大起大落，身為讀者的我，就如同書中人物一般，隨著一件件事的發生，心情也有所波動，看完之後也久久難忘。

作者

王一諾

不知道多年後的我們是否會記得現在嚷嚷的夢想？

正值高三的我們時常被問到未來的志向？總在心理猶豫該選擇大人口中有出路的科系，還是追尋自己的心志？如同陶淵明，即使路途艱辛，仍然義無反顧堅持自己。希望多年後，我們仍是個勇敢作夢，而且對於自己理想感到驕傲的人。

篇名：**桃花源記**

作者：陶淵明

閱讀心得………

若有個毫無紛爭且和諧平靜的居住環境，誰不嚮往呢？若有個人即使生活拮据仍不願為了五斗米折腰，這種清高怎不讓人欽佩呢？而陶淵明的〈桃花源記〉正是我最欣賞的文章，也寄望能發生於現實。

新聞中總不停播報貪官接受賄賂、當紅球員打假球……等諸如此類為了現實而放棄理想的人們，我不相信他們打從一開始的理想就只是錢，每個人必定都有自己的藍圖、想堅守的初衷，但大部分的人卻總敗在生活環境。環境使然，當你身旁的人都一一放棄了自己的初衷時，你是否也會隨波逐流？

因此我十分欣賞陶淵明，縱使窮困仍不違背自己的心志，堅持自己的理想，我想這樣的人才是真正富裕的人，即使有再多金錢都無法堆疊的心靈高度。現今不景氣的環境中，縱使我十分嚮往那「不為五斗米折腰」的精神，也無法擁有陶淵明般的節操，畢竟未來的我要對許多人負責，我的父母、家人、小孩。但我仍會期盼自己，能使所愛的人生活於桃花源，不需擔憂一切的紛亂。

我折腰於五斗米，卻不願放棄自己的初衷，即使路途艱辛仍想給追夢的自己一個交代，不願愧對自己的心志，期盼多年後的我和現在一樣，相信初衷能帶給人們最正面的力量。

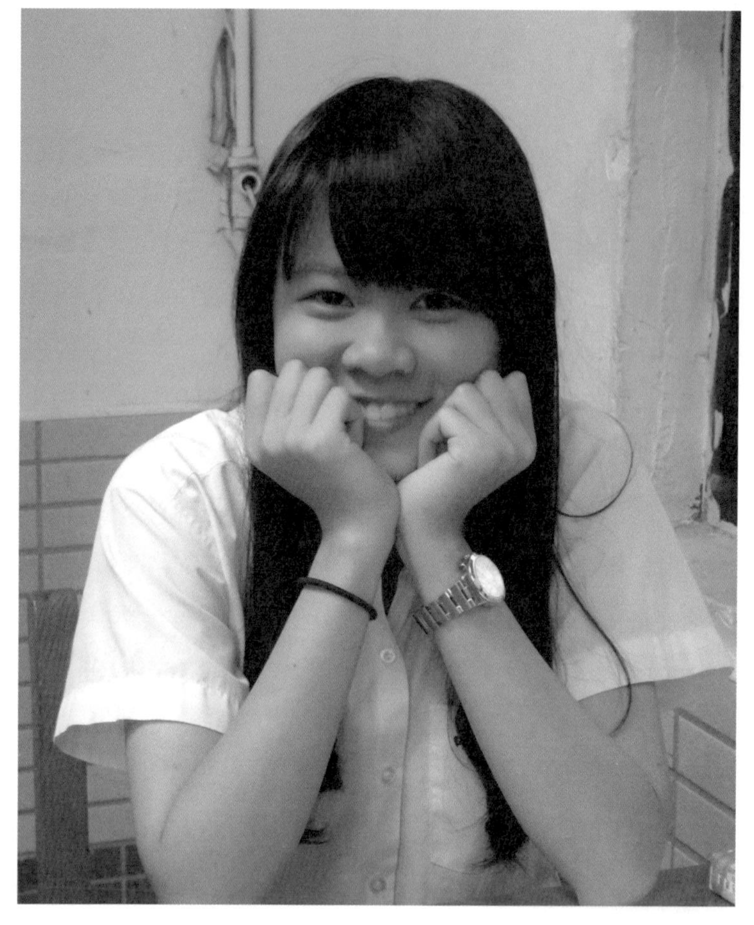

作者

陳薇帆

我喜歡閱讀，也喜歡創作，想要寫下心中的晴空萬里，讓生命中的感動熱熱的傳達出去。

篇名：**桃花源記**

作者：陶淵明

閱讀心得………

作者陶淵明身處東晉的戰亂之際，然而他不為五斗米折腰的堅持態度，讓我佩服他的不平凡。

〈桃花源記〉是他最著名的作品，國中時就聽老師提過這篇文章，高中時期，經過老師仔細教導後，對陶淵明本人的認識又更加深刻了。文章裡，一位漁夫意外地發現了神秘的溪流，由於他的冒險精神與好奇心，讓他發現了隔絕於世的桃花源。

在美好如天堂的桃花源中，受到當地人的殷勤招待，沒有任何生活上的煩惱，只管盡情享用美食，沒有政府、沒有戰爭，人們是如此和藹可親，祥和平靜的氣氛瀰漫了整個桃花源。然而，主角漁夫卻在回家的途中，起了雜念，想要讓外界得知這美好的境地，不守信用且不懷好意的心念，使他最終無緣再回到桃花源，猶如南柯一夢般的境遇就煙消雲散了。

陶淵明這篇文章，讓我領悟到，當一切處於太舒適、太完美的狀態下，人的私心與慾望就會隨之而起，而作者藉著撰寫〈桃花源記〉，以寄託他嚮往自由的生活與安寧和諧的社會。提醒人們在得到美好事物後，如果得意忘形，不懂得知足珍惜，一切就會化為烏有。所以用心對待周遭所擁有的，就是陶淵明想給讀者的啟發吧！

編輯小組人員名單

總策劃：劉葳蕤校長

總編輯：陳育捷主任

執行編輯：

國文科作文教材研發社群（依姓氏筆畫排序）：

忻凌琳　涂玉萍
李怡芬　陳柏全
呂怡玫　劉彤芬
高子婷

打字組：

林佳穎　徐之振　陳薇帆
林思辰　張倚綸　游宇涵
林冠宇　張　聖　鄧為馨
施妤柔　張祐瑄　賴奕筑
徐珮瑄　陳韻庭　謝敏姿

校稿組：

李佩君　林佳穎
林芷安　柯宣卉
林孟璇

美編組：

封面插畫：何亮萱
封底插畫：許紫萱
內頁插畫：何亮萱、林芷安、吳孟娟

第一屆港中年度文選
——雁塔集

ISBN 978-986-03-8306-5

2013 年 11 月 再版 平裝

定價：新台幣 320 元

總策劃 劉葳蕤
總編輯 陳育捷
執行編輯 忻凌琳 李怡芬 呂怡玟 高子婷 涂玉萍 陳柏全 劉彤芬
打字 林佳穎 林思辰 林冠宇 施妤柔 徐珮瑄 徐之振 張倚綸 張聖 張祐瑄 陳韻庭 陳薇帆 游宇涵 鄧為馨 賴奕筑 謝敏姿
校稿 李佩君 林芷安 林孟璇 林佳穎 柯宣卉
封面插畫 何亮萱
封底插畫 許紫萱
內頁插畫 何亮萱 林芷安 吳孟娟

發行人 劉葳蕤
發行所 臺北市立南港高級中學
地址 115 臺北市南港區向陽路 21 號
電話 02-27837863
電郵 nkservice@mail.nksh.tp.edu.tw

銷售點 萬卷樓圖書股份有限公司
地址 106 臺北市羅斯福路二段 41 號 6 樓之 3
電話 02-23216565
傳真 02-23944113
電郵 service@wanjuan.com.tw

印刷 晟齊實業有限公司
封面設計 斐類設計

國家圖書館出版品預行編目(CIP)資料

第一屆港中年度文選:雁塔集 /
劉葳蕤總策畫. - 再版. -
臺北市 : 北市南港高中, 2013.11
面 ; 公分
ISBN 978-986-03-8306-5(平裝)
830.86 102020476